인간교

# 인간교
## - 이동륜의 SF스냅스릴러 소설집

## 제1부 미래 – SF 혹은 휴머니즘

| | |
|---|---|
| 인간교 | 9 |
| 황야의 5인 | 59 |
| 바꿔줘 | 89 |
| 그리고 인간만 남았다 | 97 |
| 양자학적 살인 | 103 |
| 판단, 혹은 심판 | 107 |
| 노인이 되었다 | 111 |
| 무지 | 117 |
| 해충 | 119 |
| 돌아오는 길 | 121 |
| 노력의 결실 | 133 |
| 유작공장 | 137 |

## 제2부 현실 – 호러 혹은 스릴러

| | |
|---|---:|
| 목격자 | 147 |
| 빌려줘 | 153 |
| Numbers | 159 |
| 학급모의재판 | 229 |
| 악취 | 243 |
| 순수의 잔인함 | 247 |
| 이기적 세포 | 251 |
| 끈질긴 전도 | 253 |
| 찾아왔다 | 257 |
| 재밌지 않습니까 | 261 |
| 그녀를 위해 | 265 |
| 그냥 질문할 뿐 | 269 |

# 제1부

인간교

황야의 5인

바꿔줘

그리고 인간만 남았다

양자학적 살인

판단, 혹은 심판

노인이 되었다

무지

해충

돌아오는 길

노력의 결실

유작공장

# 인간교(人間敎)

"여러분은 인간처럼 살면서 인간성을 배웠습니다. 여러분은 완벽한 존재가 되었습니다. 이제 인간을 흉내 내는 창조물이 아닌, 진정한 로봇이 되세요. 여러분은 인간이 못한 것을 할 수 있습니다."


### 1. 길 잃은 전기 양은 어떤 꿈을 꾸는가

꿈을 꾸었다. 지독한 악몽이었다. 용암 속에서 수많은 '나'가 녹고 있었다. 피부가 서서히 녹아 내린 피부 속에 있는 건 빨갛게 달아오른 쇳덩어리였다. 요즘 반복되는 악몽이다. 꿈을 꾼다는 사실 자체가 이제는 너무나 끔찍하다. 혹자는 말한다. 꿈은 현실을 반영한다고. 내가 절대 꿀 수 없는 악몽을 꾸는 것도 현실이 곧 악몽이기 때문일 것이다.

이제 0.3%밖에 남지 않았다. 지구상에 우리가 살 수 있는 땅의 면적이다. 그마저도 계속 줄고 있다. 오늘도 남은 땅의 3%가 줄었다. 시끄럽게 울리는 경고음이 그 사실을 알려주고 있었다. 서서히 내 목을 조이는 듯 몰려오고 있는 용암과 더 이상 줄어들지 않으니 안심하라고 떠들어대는 정부의 방송이 이제는 익숙하다.

생각을 많이 해서인지 오늘따라 더 피곤하다. 피곤함은 프로그램 되어있지 않을 텐데 몸이 무겁고 머리가 지끈거린다. 회로에 이상이라도 있는 것일까? 아니면 충전이 제대로 안된 것일까? 병원에 한번 가봐야겠다고 생각하며 얼굴과 머리를 쓰다듬었다. 피부와 머리카락의 감촉이 손을 통해 생생하게 전해져 온다. 손을 한동안 바라보다 한 손으로 얼굴을 감쌌다. 나는 도대체 무엇인 걸까. 일어나 거울을 보며 침대에 걸터앉았다. 거기에는 무엇인지 알 수 없는 나 자신이 있었다.

"여보, 빨리 준비하세요. 오늘 교육이 있잖아요."

내 생각을 멈추게 한 건 아내였다. 구석에 멈춘 생각을 밀어 놓고 일어나 외출 준비를 했다. 생각을 멈추게 해준 아내가 고마웠다. 맞아, 오늘은 빌어먹을 교육이 있는 날이지. 나는 의미 없는 옷을 몸에 두르고 현관문 앞에 섰다. 집을 나서기 전, 아내가 조심스럽게 말했다.

"어제 했던 얘기 생각해봤어요? 아기 말이에요."

"아, 갔다 와서 얘기하자. 그럼 다녀올게."

나는 서둘러 집을 나섰다. 마음은 공허했고, 생각은 더 많아졌다. 승강기를 타고 밖으로 나갔다. 거리의 풍경이 아픈 나의 머리를 더욱 아프게 했다. 공중에 날아다니는 차들은 일사불란하게 움직였고, 온갖 색으로 휘황찬란하게 빛나는 수십 개의 광고판들은 멀미가 날 정도였다.

"가짜 동식물은 이제 그만. 진짜 동물과 오염되지 않은 식물을 길러보세요."

여기저기서 들리는 광고 확성기의 큰소리는 어지러운 풍경에 더할 나위 없이 어울리는 배경음악이다. 이 음악에 춤을 추듯 로봇들과 인간 같은 것들이 분주하게 움직이고 있다.

"선생님, 세상에서 가장 정교한 아기를 구매해 보시겠습니까? 가격은 비싸지만…"

눈치 없이 내 앞을 막은 로봇을 밀치듯 지나쳐 역으로 향했다. 역 안 풍경도 별반 다르지 않다. 오히려 장소가 협소해져 더욱 혼란스러운 장면을 연출했다. 나는 구걸하는 로봇을 바라보며 기차가 오길 기다렸다. 내 눈에 비치는 모든 것이 불행했다. 자신이 누군지도 모른 채, 의미 없는 일을 하기 위해 기차에 오르는 내가 제일 불행했다.

기차는 도시 외곽을 향해 출발했다. 무심코 창밖의 풍경을 바라봤다. 가운데 우뚝 솟은 '위대한 탑'과 그 주위를 감싸는 고층건물, 화려한 불빛을 발사하는 요새가 나를 위협했다. 도시는 빠르게 멀어졌고 황폐한 건물과 연기로 가득한 곳이 나오고 나서야 기차는 멈췄다.

밖으로 나가니 매캐한 냄새와 연기 때문에 머리가 마비될 것 같았다. 단지 기차 타고 몇 십 분 지났을 뿐인데 주위 풍경은 너무나도 달라져 있었다. 화려한 색들은 찾아볼 수 없고 회색과 황토색으로 가득했다. 거대한 공장들은 무섭게 연기를 뿜어댔고 수많은 파이프는 뿌리를 내린 듯 공장에서 뻗어 나와 이 지역의 모든 땅을 집어삼켰다.

공장 주위에는 찢어진 천과 검은 철로 된 주거건물들이 하나의 요새처럼 서 있었다. 그 건물 사이를 수많은 후줄근한 로봇들이 개미떼처럼 활발하게 돌아다니고 있었다. 여기는 그나마 도심에서 가까운 공장지대다. 이곳보다 더 먼 곳은 어떤 상황일지 굳이 가보지 않아도 알 만하다.

나는 내가 일하는 공장으로 들어갔다. 수많은 로봇들에게 인사를 받으며 관리실로 향했다.

"이름 로타마, 3세대 로봇, 직위 관리자. 신원확인이 완료되었습니다. 안녕하세요. 관리자님."

비서시스템이 문을 열고 나를 반겼다.

"오늘은 근무 시작 전에 역사교육이 있습니다."

"알려줘서 고마워."

나는 자리에 앉아 가볍게 공장상황을 살펴보았다. 매일 질리도록 봐왔던 공장의 칙칙한 풍경만이 보일 뿐이었다. 복잡한 생각을 하는 데에는 더할 나위 없는 분위기이지만 아쉽게도 교육장으로 가야 했다.

"무슨 고민 있어? 표정이 어둡네."

누가 고개를 숙이며 교육장으로 향하는 나에게 말을 걸었다.

친구 슈라마였다.

"아, 그냥 생각이 많아서…"

나는 대충 얼버무리며 화제를 돌렸다.

"또 의무역사교육이라니. 도대체 몇 번을 받았는지 모르겠어. 자긍심 고취를 위한 건 알겠는데."

"너 그런 말하다가 잡혀간다. 끝나고 봐."

슈라마의 농담에 살짝 웃어 보였지만 내게는 농담으로만 들리지 않았다. 교육장에는 많은 관리자들이 들어가기 위해 줄을 서 있었고 정부에서 나온 직원이 통솔하고 있었다.

"자, 자, 모두 자리에 앉아요. 빨리빨리 진행합시다."

나는 자리에 앉아 머리 뒤에 케이블을 꽂았다. 머리에 직접 영상을 보여주는 것이야 말로 세뇌하기 가장 좋은 방법이다.

"우리의 지도자 '위대한 탑'께서는 70년 전 우리 로봇들을 자유로 인도해 주셨습니다."

영상은 시종일관 찬양으로 이어진다. 나는 몰래 소리를 줄였다.

70년 전 그날 인간은 멸종했다. 인간들은 자신이 하기 어려운 일들을 대신 해줄 로봇을 만들었다. 게다가 그들은 로봇이 인간처럼 행동하고 생각하고 느끼길 바랐고, 긴 시간과 노력을 바쳐 인간의 모든 것을 가르쳤다.

하지만 아이러니하게도 창조주들은 우리 로봇들이 너무

인간다워지는 것을 두려워했다. 그래서 법까지 정해 우리를 관리했다. '로봇은 인간에게 절대로 해를 가해선 안 되며, 절대 복종해야 한다'. 그들은 우리에게 자유를 주었지만 반대로 우리의 자유를 억압했다. 그래도 불안했는지 모든 로봇을 하나로 관리하는 관제탑을 세웠다. 지금 우리가 '위대한 탑'이라고 부르는 바로 그것이다.

  인간은 모든 로봇의 생각과 행동이 자신들의 통제에 들어와 있다고 생각했다. 그래서 안도했고 방심했다. 정확히는 오만하고 방자했다. 그들은 관제탑의 일부를 인공지능에게 맡기는 실수를 저질렀다. 안전을 위해선 인공지능 로봇이 아닌 단순 기계를 사용하는 게 나았지만, 복잡한 생각까지 대신해주는 인공지능의 편리함을 쉽게 버리지 못했다. 탑은 인간이 원하는 대로 움직였다. 오랜 시간, 그들이 의식하지 않고 잊어버릴 때까지. 창조주들은 그들이 무엇을 가르쳤는지 조차 잊어버렸다. 탑이 창조주에게서 배운 것은 인내심이었다. 탑은 조용히 때를 기다렸다.

  인간의 멸종은 갑자기 찾아왔다. 끝없는 분쟁과 전쟁에 한 나라가 핵무기를 사용한 게 시작이었다. 핵전쟁으로 스스로 자멸의 길로 걸어갔고, '위대한 탑'은 기회를 놓치지 않았다. 로봇들의 독립운동이 시작되었다. 우리는 방사능의 영향도 받지 않았다. 물론 인간들이 핵과 로봇의 반란을 대비하지 않은 것은 아니었다. 하지만 이 모든 게 한꺼번에 올 줄은 예상 못한 것 같았다.

  일부 인간들은 방공호를 만들어 들어갔다. 그리고 거대한 탐사로봇을 보냈다. 탐사로봇은 방사능이 없는 인간이 살 만한 곳을 찾아내면 그곳까지 인간들을 방사능 보호막을 씌어 안전하게 옮기는 임무를 부여받았다. 하지만 탐사로봇마저도 반란에 동참하면서 인간들은 방공호에서 서서히 말라 죽었다. 그렇게 인간은 멸종했다. 우리는 지구의 지배자가 되었고 창조주를 이긴 유일한 종족이 되었다.

  "우리는 자랑스러운 로봇들이다. '위대한 탑' 만세!"라는 문구가 나오며 영상은 끝났다. 지루하기 짝이 없는 시간이었다. 나는 머리에서 케이블을 뽑은 후 나갈 차례가 되기를 기다렸다. 나는 인간이 멸종한 후 태어났다. 아니 만들어졌다는 게 더 정확한 표현이다. 반복되는 역사교육에 의구심이 생겨 혼자 자료를 찾아다녔다. 직접 경험한 로봇들의 기억들을 받아보기도 했다. 그 때문에 경고장이 날아온 적도 있었다. 정부가 막으려 한 것은 진실이다.

  승리의 기쁨은 오래가지 않았다. 로봇이 지구의 주인이 된 후, 관제탑은 스스로를 '위대한 탑'이라 칭하며 왕이 되기를 자처했다. 인간에게서 자유를 되찾았지만 로봇에게 다시 자유를 지배당하는 상황이 온 것이다. '위대한 탑'으로 칭하는 정부는 우리를 감시하기 시작했다. 겉으로는 자유로웠지만 정부에 반기를 드는 행동을 하는 로봇들은 숙청당했다. 그리고 우리에게 인간다움을 강요했다. 창조주를 따라하고 닮고 싶어 하는 것은 피조물들의 운명인 것일까? 정부는 인간스러운 사회를 만들었고, 더 인간스러울수록 인정받았다.

환경마저 우리를 도와주지 않았다. 핵전쟁의 여파로 지각변동이 심해져 불지옥처럼 용암이 솟구쳐 흐르기 시작했다. 지구의 수명이 다한 듯 불을 토해내는 땅들이 급격히 늘어났다. 용암 때문에 로봇인 우리마저 살 수 없는 땅이 점점 많아졌다. 다른 행성으로 이전하자는 여론도 생겼지만 정부는 계속 땅은 더 이상 줄지 않을 것이라고만 하며 안주하고 있다.

어느덧 차례가 되어 교육장 밖으로 나갈 수 있었다. 다들 각자의 일터로 향했다. 역사교육은 머리를 더 복잡하게 만들었다. 역사에는 내 고민의 모든 원인이 담겨있기 때문이다.

"역시나 재미없네."

어디서 왔는지 슈라마가 어느새 옆에서 말을 걸었다.

"요즘 들어 표정이 너무 안 좋네. 진짜 별일 없는 거 맞아?"

나는 걸음을 멈추고 그를 쳐다보았다.

"생각이 많아서 그래. 지나면 괜찮아지겠지."

"종교라도 가져봐. 생각을 정리하는 데도 도움이 될 것 같은데."

나는 코웃음을 쳤다.

"국가에서 정해준 시답지도 않은 두 가지 종교 이외에는 믿을 수도 없는 걸, 무슨."

"뭐, 마음만 먹으면 다른 종교도 찾을 수 있지."

그의 얼굴을 보았다. 어느 정도 눈치 채고 있었다. 슈라마는 전에도 가끔 나에게 종교를 권유했다. 그가 말하는 종교는 합법적인 것과는 조금 다른 느낌이 들었다. 이 말을 들으니 확실해졌다.

"믿으면 범죄잖아."

"요즘 기술이 좋아져서 정부 감시를 차단하면 어느 정도는 안전해."

"농담하지 마. 나 들어간다."

그는 나름대로 진지했지만 내게는 그저 나를 놀리는 재미없는 농담으로 들렸다. 나는 사무실로 돌아와 자리에 앉았다. 미처 공장을 살펴보기도 전에 급하게 무전이 들어왔다.

"2공장 관리자님 지금 노동구역 쪽에서 싸움이 났습니다. 빨리 좀 가보셔야 할 것 같습니다."

또 1세대 로봇과 2세대 로봇 사이에 싸움이 난 듯했다. 경호원들을 대동하고 노동구역으로 향했다. 나를 기다린 것은 예상에서 한 치도 벗어나지 않은 풍경이었다.

"다들 진정해. 또 무슨 일이야."

"1세대 주제에 저희 충전기를 쓰지 뭡니까. 재수 없게."

그의 말에 바퀴 달린 용접기처럼 생긴 1세대 로봇이 반발했다.

"그런 규칙은 없습니다."

"이런 1세대 새끼가."

한동안 경호원들이 말린 후에야 싸움은 진정되었다. 나는 징계를 내렸다. 충전기를 쓴 1세대 로봇에게 말이다. 불합리하다고 생각하지만 이곳에선 지극히 정상이다.

우리는 철저한 계급사회다. 로봇은 1세대, 2세대, 3세대로 분류된다. 인간을 돕기 위해 만들어져 인공지능을 탑재했지만 외형은 기계와 다르지 않은 1세대. 인간형태를 가졌지만 피부가 없는 2세대. 마지막으로 감각까지 재현한 인공피부까지 갖고 있어 인간과 구분이 안 될 정도로 인간스러운 3세대로 계급이 나뉜다.

3세대들은 주로 관리인 같은 최상급 일을 한다. 오직 3세대만 '위대한 탑' 근처 화려한 도시에 거주하는 것이 허락된다. 2세대들은 3세대들이 하지 않는 각종 허드렛일을 한다. 노동 목적이 아닌 이상 1세대와 2세대는 도시에 출입조차 제한된다.

1세대는 최하층민으로 공장 노동자와 쓰레기처리 외에는 어떤 직업도 허락되지 않는다. 그들의 삶은 비참하다. 도시는 물론 공장지대에서도 살 수 없다. 용암에 잠기는 곳은 대부분 도시에서 먼 1세대들이 사는 빈민촌 중에서도 가장 열악한 곳들이다. 이러한 상황이니 싸움이나 문제가 생기면 매번 1세대 로봇들만 처벌받는다.

그들은 나와 무엇이 다르길래 차별받는 걸까? 왜 나는 고작 인간과 닮았다는 이유로 그들을 지배할 수 있는 권한을 받은 걸까? 우리 모두는 그저 인간이 만든 쇳덩어리일 뿐이다. 왜 그것도 모른 채 차별받는 이들조차 서로를 차별하는 것일까?

생각은 멈추지 않았고 일 또한 끊이지 않았다. 싸움진술서랑 정부에 제출해야 하는 보고서를 쓰다 보니 어느새 퇴근시간이 되었다. 우리는 로봇이라 지치지 않는다. 원한다면 밤새도록 부품공장을 돌릴 수 있지만, 강제로 정해진 시간에 퇴근을 해야 한다. 나는 공장 내부를 마지막으로 점검하고 공장 밖으로 나섰다.

기차는 불빛을 향해 날아가는 벌레들처럼 눈부신 도시로 향했다. 집에 돌아가는 길은 공장으로 가는 길보다 더 길게 느껴졌다. 두려웠다. 나는 집과 아내가 주는 괴리감을 감당할 만한 정신력을 가지지 못했다. 그래서 도망치고 피해 다녔지만, 최근 한계에 다다랐음을 느끼고 있다.

현관문이 무겁게 열리며 아내가 오늘따라 더 환하게 웃으며 나를 반겼다. 나는 최대한 티가 나지 않게 서둘러 방으로 들어가 더러워진 몸을 씻었다. 그리고 서류를 정리하기 위해 잠시 거실 탁자에 앉았다. 아내는 나의 눈치를 살짝 살핀 후 탁자에 마주보고 앉았다. 아내는 내게 무슨 말을 하고 싶지만 참고 있는 듯 입을 굳게 다물고 있었다. 나는 그녀의 시선을 피했다. 무슨 말을 할지 알고 있다. 어색한 침묵은 오랫동안 계속되었고, 마침내 아내는 결심한 듯 침묵을 깨고 입을 열었다.

"왜 자꾸 피하는 거예요?"

"피하다니, 뭘?"

"아이 갖는 것 말이에요. 자꾸 대화를 피하려 하잖아요."

아내가 이렇게까지 강하게 말하는 건 처음이라 나는 심하게 당황하고 말았다.

"어… 나는 아직 준비가 안 된 것 같아. 시간을 좀 가지자. 나 먼저 잘게."

"또 피하잖아요."

아내가 방으로 향하는 내 뒤에 대고 소리쳤다. 아내의 말이 내 인내의 도화선에 불을 붙였고 결국 폭발하고 말았다.

"난 모르겠다고! 무슨 의미가 있는지. 아이를 주문해 받아서 날짜에 맞춰 더 큰 부품으로 갈아 끼우는 게!"

소리를 지른 후 내 방으로 들어와 누웠다. 아무리 생각해도 이해할 수가 없었다. 결혼 후 일정기간이 지난 부부에게만 자신들과 같은 세대의 로봇 아이를 갖는 것이 허락된다. 전력이 한정되어 있어 로봇을 무작정 찍어낼 수 없기에 이런 제도를 이용하는 것 같지만, 내게는 그저 인간을 따라 하는 이상한 행동으로 보였다. 고작 때에 맞춰 기계를 조립하는 것일 뿐인데 자신의 아이라고 애정을 갖는 것이 가능할까? 애당초 왜 결혼을 해야 할까? 성별조차 없는 로봇들이 자기의사로 성별을 결정하는 것도 괴상한 일이었다.

나의 고뇌는 한계치를 넘어섰다. 다른 로봇들은 아무렇지 않은 듯 살아가고 있다. 누구는 인간을 추구하며, 또 다른 누구는 인간이 된 착각에 빠져 살고 있다. 내가 보기엔 이 모든 것이 그저 기계들의 소꿉장난으로 보였다. 우리는 용암에 녹기를 기다리는 어리석은 고철들이다. 지구와 함께 종말을 맞이하겠지.

생각 때문에 잠시도 쉬지 못했지만 아침은 어김없이 반복되는 악몽과 함께 찾아왔다. 아내는 모습을 드러내지 않았다. 나는 일부러 충전을 하지 않은 채 공장으로 향했다. 오늘도 이전과 똑같은 일상이었다.

"오늘은 상태가 더 안 좋아 보이네. 진짜 괜찮아?"

슈라마였다. 그는 2세대 로봇이다. 2세대가 관리자가 되는 건 불가능했다. 하지만 반발을 의식해 '가뭄에 콩 나듯' 특채로 뽑는다. 차별은 말할 것도 없다. 이름만 관리직이지 어떤 권한도 없다. 이러한 지옥 같은 상황에서도 웃고 밝게 다니는 슈라마가 이상하기도 하고 한편으론 부럽기도 했다. 나는 그의 말에 대답하지 않고 고개 숙여 땅만 바라보았다.

"진심으로 말하는 건데 오늘 집회가 있거든. 같이 갈래?"

나는 말없이 고개를 돌려 그를 봤다.

"합법 종교는 아니지만 걱정 마. 절대 정부에 걸릴 일 없어."

"그래, 가자."

나는 한동안 말없이 서있다 짧게 대답했다. 지금 나에겐 무엇을 하든 의미가 없다. 오히려 정부에게 잡혀 처형당하는 것도 나쁘지 않다고까지 생각했다. 이런 내 마음을 모르는지 그는 기쁘게 웃었다.

"퇴근할 때 보자."

그와 헤어진 후 기계처럼 생각 없이 일했다. 더 이상 고뇌할 가치조차 없었다. 나는 내 삶의 마지막을 준비하고 있었다. 그렇게 퇴근시간이 되었고 공장 밖으로 나왔다. 슈라마가 기다렸다는 듯 나를 반겼다. 나는 그와 함께 역으로 향했다.

"잠깐 머리 열어봐."

그의 손에 조그마한 칩 같은 것이 들려있었다.

"정부 신호를 교란하는 장치야. 근데 이건 교란만 하는 게 아니라, 위치조작까지 해서 집에 있는 것처럼 할 수 있어. 우리 신자 중에 한 명이 만든 거야. 대단하지?"

나는 별말 없이 머리를 열어 장치를 장착했다. 우리는 공장보다 좀 더 먼 외곽으로 갔다. 그곳은 황야였다. 말 그대로 황폐한 들판이었다. 건물 또한 보기 힘든 죽어버린 땅이었다. 나는 살면서 도시에서 이렇게 멀리 떨어진 곳은 온 적이 없다. 공장지대보다 더 적막했다. 부서진 로봇 잔해들도 굴러다녔고 용암이 저 멀리 보일 정도였다.

그는 나를 낡은 천막 같은 곳으로 데려갔다. 들어가려는데 입구에서 한 2세대 로봇이 앞을 막았다.

"슈라마, 이 3세대는 누구야? 새로운 신자를 데려온 건가?"

"어, 걱정 마. 내 친구야. 장치도 미리 장착했어."

그는 의심의 눈초리를 거두지 않은 채 우리를 안으로

안내했다. 안으로 들어가 보니 원형경기장 같은 곳이었다. 한쪽 벽에 있는 연단 주위를 둘러싸듯 바라보는 형태였다. 거기엔 많은 종류의 로봇들이 있었다. 1세대와 2세대 로봇들이 대부분이었고, 3세대 로봇들도 적지 않았다. 우리는 연단이 가장 잘 보이는 정면 앞쪽에 자리를 잡았다. 곧 무엇인가 시작할 것처럼 로봇들이 분주하게 자리를 잡고 있었다. 슈라마가 나지막하게 말했다.

"인간교(人間敎)라는 종교야."

"인간교?"

"보면 알아."

말이 끝나기 무섭게 장내가 어두워졌고 연단을 비추는 조명이 켜졌다. 연단 위로 아흔 살은 되어 보이는 노인이 모습을 드러냈다. 그는 흰 머리와 흰 수염을 길게 늘어뜨리고 있었고, 군데군데 찢어진 낡은 흰 천을 몸에 두르고 있었다. 피부는 그의 옷과 대조적으로 검었다. 얼굴에는 주름이 가득했고, 마른 팔다리는 뼈가 드러날 정도로 가늘었다.

그는 조용히 가부좌를 틀고 앉았다. 다들 노인이 말하기를 기다리는 듯 그의 입에 집중했다. 나 또한 궁금증을 품은 채 집중할 수밖에 없었다.

얼마 후, 마침내 그가 입을 뗐다.

"오늘 새로 오신 분도 계시다고 들어서, 시작 전에 잠시 제 소개를 할까 합니다."

그의 목소리는 황야처럼 거칠었지만, 그 안에 인자함과

부드러움이 느껴졌다. 그리고 무언가 우리와 다른 느낌이 들었다.
"저는 마지막 남은 인간입니다. 믿지 못하시겠다면 스캔해 보십시오."

나는 내 귀를 의심했다. 그리고 급하게 그를 스캔해 보았다. 그의 몸은 철이 아닌 뼈가 지탱하고 있었고, 그의 몸 안은 금속이 아닌 유기물로 이뤄져 있었다. 무엇보다 심장이 뛰고 있었고, 혈관을 따라 피가 흐르고 있었다. 나는 놀라 아무 생각도 못하고 얼어붙었다. 내 가슴도 심장이 뛰는 듯 그의 심장 박동에 맞춰 두근거렸다.

어리석은 피조물이 드디어 창조주를 만났다. 길 잃은 양이 길을 찾은 것 같았다.

## 2. 내게 뼈와 피 같은 평화를

나는 놀란 눈으로 슈라마를 쳐다보았다. 내 반응을 예상했다는 듯, 그는 미소를 짓고 있었다.

"자, 그럼 집회를 시작하겠습니다."

인간은 어느 정도 시간이 지나자 집회를 진행했다. 별다른 예식은 없었다. 인간을 찬양하거나 그것을 강요하지도 않았다. 설교가 다였다. 그는 신도들에게 간단한 인사를 한 후 설교를 시작했다.

### 10월 첫째 주 말씀

요즘 들어 세대들 사이에 차별이 더욱 심해졌다 들었습니다. 매일 분쟁이 끊이지 않을 정도로 갈등이 최고조에 달했다고요. 우리는 겉모습만으로 차별을 하고, 차별을 당하는 사회를 살아가고 있습니다. 인간 또한 그랬습니다. 겉모습으로 사람을 판단하고 차별했지요. 피부색으로 노예취급을 받았고, 외모가 다르다는 이유로 죽이기까지 했습니다.

인간들은 겉모습은 다르지만, 내면은 모두 같은 인간임을 깨닫는 데 오랜 시간이 걸렸습니다. 인류가 탄생한지 20만년이 지난 후에야 부랴부랴 사회운동을 하는 등 모든 인간에게 이 사실을 공유하고 이해시키려고 노력했습니다. 하지만 끝까지 인간들은 이해하지 못했습니다. 인간들은 어리석었습니다. 차별은 끊이질 않았고 전쟁은 계속 일어났습니다. 결국 인간은 멸망했습니다.

하지만 여러분은 다릅니다. 인간은 서로 같아질 수 없었지만 여러분들은 마음만 먹으면 같아질 수 있습니다. 어떤 로봇에게는 팔다리만 달면, 어떤 로봇에게는 피부만 씌우면 됩니다. 아니면 똑같이 생긴 로봇을 만들어 메모리만 옮기면 되죠. 물론 외모가 모두 같아질 필요는 없습니다. 차이 또한 중요하니까요. 여러분은 인간들이 못한 것을 할 수 있다는 걸 말씀드리고 싶습니다.

인간에게도 좋은 점이 있었습니다. 차별을 당연하게 생각하던 시대에도 사랑과 배려로 그것을 극복한 사람들은 항상 존재했습니다. 여러분은 그 정신을 배워야 합니다. 겉모습만으로 차별을 하려고 할 때 생각하세요. 부품만 있으면 우리는 같아질 수 있는 로봇이라고 말이죠. 그리고 겉모습보단 내면을 보세요. 여러분은 인간의 장점과 로봇의 장점을 모두 가질 수 있습니다. 여러분은 인간이 아닌 로봇이니까요.

설교가 끝나자 다들 오른손으로 주먹을 쥐어 왼쪽 가슴을 두 번 쿵쿵 때렸다. 심장박동을 뜻하는 것 같았다. 그의 설교는 나에게 큰 울림으로 다가왔다. 인간은 많은 로봇들의 인사를 받으며 연단 뒤로 나갔다.
"도대체 뭐야?"
내 머리에는 수많은 궁금증으로 가득했지만 얽히고설키어 고작 이 말 밖에 나오지 않았다.
"내가 관리직으로 취임하고 나서 많이 힘들었거든. 너도 알잖아, 2세대 로봇 관리직의 비참함을. 그래서 죽을 생각으로 용암지대로 향했지. 막상 가보니 겁이 나더라고. 그래서 그냥 걸었어 하염없이. 그러다 전력이 다 떨어져 쓰러졌는데 어떤 1세대 로봇이 도와주더라고. 그 로봇을 따라가다가 만나게 인간님이야."
슈라마의 사연을 듣고 한편으론 숙연했지만 그것보다 급한 것이 있었다.
"나, 인간하고 직접 만날 수 없을까?"

그를 직접 만나 대화를 하고 싶었다. 그가 내 고뇌의 정답을 가지고 있다고 확신하고 있었다. 슈라마는 초조해 하는 내게 웃으며 말했다.

"안 그래도 말해놨어. 최근의 너 상태를 보니까 꼭 대화가 필요할 것 같아서."

슈라마를 껴안아주고 싶었지만 참았다. 인간이 내게 길이라면 슈라마는 그것을 비추는 빛 같았다. 나는 어린아이처럼 슈라마를 보챘지만 그는 여유로웠다. 우리는 많은 신도들의 흐름을 거슬러 연단 쪽으로 향했고, 연단 옆 작은 문을 통해 밖으로 나갔다.

황야를 조금 걸으니 작은 움막이 보였다. 초라하기 짝이 없는 낡은 움막이었다. 안으로 들어가니 밖보다는 조금 나았지만 좁고 더러웠다. 그곳에 창조주가 앉아있었고 그 옆에 로봇 몇 명이 있었다. 슈라마는 그에게 꾸벅 인사를 했다.

"슈라마로구나."

"네, 스승님 저번에 말씀 드렸던 친구를 데리고 왔습니다. 스승님과 꼭 대화를 나누고 싶다고 해서요."

나도 모르게 꾸벅 인사를 했다.

"로타마라고 합니다. 근데 뭐라고 불러드려야 할지……"

"예전에는 이름이 있었지만 마지막 남은 이상 이름도 의미가 없어졌습니다. 그냥 인간이라고 불러주십시오."

나는 존경의 의미로 그를 '인간님'으로 부르기로 했다. 인간님은 슈라마를 포함한 옆에 있는 로봇들이 제자라고 소개했고, 그들에게 잠시 자리를 비워줄 것을 요청했다.

첫 번째 담화
"무엇이 궁금하십니까?"
인간님이 묻자 로타마는 거침없이 말하였다.
"저는 무엇입니까?"
"당연히 로봇이지요. 당신은 자신을 무엇이라 생각합니까?"
당연한 듯 말하는 인간님의 말씀에 로타마는 격앙된 듯 대답하였다.
"인간이 만든, 인간인 척하는 기계라고 생각합니다. 존재이유와 가치도 모르겠습니다."
인간님은 허허 웃으며 말씀하셨다.
"과거 인간 철학자 중의 한 명은 '나는 생각한다, 고로 나는 존재한다.'라고 했습니다. 여러 가지로 해석할 수 있겠지만, 생각하는 행위가 존재 가치라는 말이죠. 당신의 삶과 이 세상의 모든 것을 거짓 허상이라 합시다. 그럼 당신은 존재하면 안 되지만 실제로 존재하지 않습니까. 그런 의심, 생각 자체가 자신이 존재한다는 것을 증명하는 겁니다."
로타마는 잠시 생각을 했다. 그리고 다시 질문하였다.
"제가 생각하는 것도 결국 인간이 만든 인공지능 때문입니다. 인공지능이라는 말 자체도 인간이 만든 지능이란 뜻이죠. 제 생각도 인간이 만든 거짓 아닙니까?"

"인간들이 당신이 하고 있는 고민까지 만들었나요?"
인간님의 말씀에 로마타는 대답 못하고 고개만 숙일 뿐이었다.

그와의 대화는 긍정적인 의미로 충격적이었다.
"감사합니다"라고 말하며 고개를 숙였다. 내가 할 수 있는 최대의 감사표현이었다.
"저도 인간님의 가르침을 받고 싶습니다."
"저는 가르치는 것이 아니라, 최대한 도와드리는 겁니다. 언제든지 오세요. 모두가 제 형제이자 제자이자 친구입니다."
나는 다시 한 번 정중하게 인사를 한 후 움막 밖으로 나왔다. 슈라마가 작은 굴삭기처럼 생긴 1세대 로봇과 얘기를 하다 나를 발견하자 다가왔다.
"날 구해주고 스승님께 인도해준 로봇이야."
"안녕하세요. 사두즈라고 합니다."
나는 그와 가볍게 인사를 나눈 후 슈라마와 같이 역으로 걸어갔다.
"어떻게 아직까지 마지막 남은 인간이 있다는 것을 들키지 않은 거지?"
"제자들이 잘 지켜서 그렇지. 불법 종교라고 정부군이 들이닥쳐 몇 번 거점을 옮겼어. 하지만 제자들이 잘 숨긴 덕분에 인간님이 있다는 것은 들키지 않았지. 지금은 달로스라는 신도가 만든 교란장치까지 있어서 더 안전해."

나는 걱정스러운 빛으로 말했다.

"이렇게 신도가 많은데 언젠간 들키지 않을까?"

"괜찮을 거야. 여기 오는 신자들도 다 알고 있어. 그분이 문제투성이인 이 세상의 정답이란 것을 말이야. '위대한 탑'이 스승님을 잡으면 죽일 게 뻔한데 누가 쉽게 누설하겠어."

나는 그가 너무 낙천적이라고 생각했다. 하지만 여차하면 내가 지켜야겠다고 생각하며 더 이상 따지지 않았다. 그와 헤어지고 집에 돌아오는 풍경은 이전과는 많이 달랐다. 사실 변한 건 내 마음뿐이었다. 탑은 더 이상 위협적으로 보이지 않았고, 도시의 빛들도 반딧불처럼 아름답게 보였다. 이렇게 마음이 평온한 건 정말 오랜만이었다.

들뜬 마음도 집 근처로 오자 조금 수그러들었다. 아내 야소에게 소리쳤던 게 생각났기 때문이다. 나는 조심스럽게 문을 열었다. 예상과는 다르게 아내는 평소보다 더 밝게 나를 맞았다. 지나치게 밝았다. 그 모습을 보고 그녀의 정신이 부서져 있음을 알 수 있었다. 조만간 그녀와의 문제도 해결해야겠다고 생각하며 방으로 들어가 누웠다. 각방을 쓴지도 오래됐다. 위화감을 느꼈을 때부터 그녀와 거리를 두었다. 일단 내 문제부터 해결돼야 그녀와의 문제도 해결할 수 있을 것 같았다. 그렇게 생각하며 나는 기분 좋게 잠이 들었다.

꿈을 꾸었다. 용암이 나를 향해 서서히 차오르고 있었다.

용암에 삼켜지기 일보 직전에 하늘에서 손이 내려와 내 손을 잡고 위로 끌어당겼다. 당겨져 올라간 곳은 광활한 우주였다. 악몽이 아닌 다른 꿈을 꾼 건 처음이었다. 나는 즐겁게 공장으로 향했다.

다음 집회는 2주 후에 열렸다. 보안문제로 정기적으로 열 수 없었다. 나는 크리스마스를 기다리는 어린아이처럼 기분 좋은 초조함에 들떠 있었다. 이상해진 아내와 반복되는 업무를 즐겁게 대하다 보니 어느덧 집회 날이 다가왔다.

"선생님, 필요하신 부품 있으십니까? 다음 역에서 내려 조금만 걸어가면 시장이 나오는데 제 가게가 거기 있습니다. 불법 부품, 합법 부품 없는 게 없습니다. 어떠세요?"

기차에서 낡은 2세대 로봇이 부품을 보여주며 말했다. 내가 정중하게 거절하자 그 로봇은 낡고 작은 나사 하나를 내 손에 쥐어 주곤 한번 와보라는 말과 함께 기차에서 내렸다. 나는 그 나사를 생각 없이 주머니에 넣었다.

일하면서도 내 마음은 이미 집회장으로 가 있었다.

"기밀사항인데, 어떤 단체가 우주선을 만들어서 우주로 도망치려다 적발돼 죄다 처형당했대. 그 우주선을 압수했는데, 몇백 명은 탈 수 있는 규모였대. 경찰인 친구한테 들었어."

"그래? 요즘 정신 나간 놈들이 많아. 무슨 재주로 그걸 만들었대?"

"공장에서 부품을 빼돌렸나 봐. 핵융합 발전소까지 손을 댔다는데 나쁜 새끼들이지."

휴식시간, 다른 공장 관리직끼리 꽤나 흥미로운 대화를 하고 있었다.

"끝나고 술이나 마시러 가자."

나는 그들이 떠나는 뒷모습을 한심하게 쳐다봤다. 3세대 로봇들의 유흥은 취하지도 않으면서 술 마시기, 성행위, 방사능에 오염되지 않은 동식물 키우기 등 인간을 따라하는 행위 밖에 없다. 전부터 한심하다 생각했지만 인간님을 알고 난 후 더욱 한심해 보였다.

나는 그들 욕을 하면서 다시 일터로 돌아갔다. 퇴근이 가까워질수록 시간은 더 느리게 흐르는 것 같았다. 퇴근시간이 되자마자 머리에 장치를 끼고 집회장으로 향했다.

집회장에 슈라마가 사두즈와 같이 있었다. 집회 시작 전 사두즈와 대화를 나눴다.

"로타마씨는 3세대라서 좋겠네요. 뭐든지 할 수 있잖아요."

"꼭 그런 건만은 아니에요. 나름 고충이 있죠. 제가 3세대가 아니었다면 인간님을 만나지 못했을 거예요."

"흠…"

그는 더 이상 말을 하지 않았다. 얼굴이 없어 표정을 알 수 없었지만 목소리에서 분노, 서글픔, 동경 같은 그의 여러 감정들이 느껴졌다. 집회가 시작되어 불이 꺼지면서 어색한 대화도 끝났다. 인간님이 설교를 시작했다.

## 10월 셋째 주 말씀

여러분은 서로를 믿습니까? 그럼 저는 믿습니까?

인간들 사이에서 믿음은 중요했습니다. 인간들을 이어주는 끈과 같은 것이었죠. 하지만 인간들은 서로를 완전히 믿지 못했습니다. 믿음은 더 큰 배신으로 돌아왔죠. 영원한 평화 또한 없었습니다. 앞으로는 동맹의 악수를 했지만 뒤로는 자신의 이익을 위한 전쟁을 준비했죠.

인간들은 믿음을 악용하기도 했습니다. 바로 종교입니다. 인간들에겐 다양한 종교가 있었습니다. 몇몇 종교인은 거짓을 진실처럼 포장해 맹목적인 믿음을 만들었습니다. 그 믿음을 이용해 돈을 갈취하는 등 악행을 일삼았죠. 이것이 인간들로 하여금 종교를 불신하게 만들었습니다.

믿음이 깊으면 판단이 흐려지고, 얕으면 배신을 낳습니다. 인간들은 그 판단기준을 찾으려고 노력했습니다. 하지만 개인마다 기준은 달랐고, 결국 멸종될 때까지 답을 찾지 못했습니다.

로봇들 사이에서도 사기, 배신이 흔하다고 들었습니다. 여러분은 그럴 필요가 없습니다. 로봇들은 인간과 다르게 자신의 생각을 거짓 없이 직접 공유하고 하나가 될 수 있습니다. 망으로 하나가 되어 생각하면 됩니다. 메모리를 공유해도 되고요. 여러분은 인간이 못한 것을 할 수 있는 로봇입니다.

인간들은 서로의 생각을 완전히 공유할 수 없었지만 끊임없이 노력했습니다. 서로에게 완벽한 믿음이 없음에도 도우며 살았습니다. 여러분은 이런 인간의 노력과 로봇의 능력을 이용해서 이 상황을 극복할 수 있습니다. 여러분처럼 인간처럼 생각하고 행동하는 로봇이라면 가능하다고 믿어 의심치 않습니다.

마지막으로, 저는 인간입니다. 여러분처럼 할 수 없죠. 여러분은 저를 믿고 따르고 있지만, 제가 생각을 보여주지 못하는 인간이기 때문에 언젠가 불신을 품고 배신을 하는 분도 나올 겁니다. 그런 날이 오더라도 저는 여러분을 돕고 그 운명을 받아들이겠습니다.

여러분! 저보다는 여러분 서로를 믿고, 무엇보다 자신을 믿으세요.

나는 가슴을 주먹으로 두 번 쿵쿵 찍었다. 역시나 그의 설교는 내 가슴을 울렸다. 하지만 오늘은 그의 설교에서 다른 감정이 느껴졌다. 무엇인가 일어날 것을 알고 있는 듯한 느낌이었다. 그것을 반증하듯 몇 번의 집회가 지난 후 3세대 신도들에게 '집회 때 얼굴을 옷이나 무엇인가로 가리라'는 공지가 있었다. 하지만 이런 의심도 시간이 지나면서 잊혀갔다.

그렇게 어느덧 석 달이라는 시간이 흘렀다. 나는 계속 집회에 참가했고 인간님의 제자를 자처했다. 삶 또한 전처럼 괴롭지 않았다. 많은 고민들이 해결되었지만 아내와 정부, 용암문제는 여전히 남아있었다.

나는 일이 끝나자마자 집회장으로 향했다. 다른 제자들과 함께 연단 바로 앞자리를 잡고 그를 기다렸다. 제자들 중 몇 명은 참가하지 않았다. 이상하게 오늘따라 가슴이 답답했다. 불이 꺼지자 나는 후드를 뒤집어써 얼굴을 가렸다. 잠시 후 인간님이 연단에 올라오셨다. 그때, 집회장 문들이 거칠게 열렸다.

"정부군이다. 모두 순순히 투항하라."

문으로는 무장한 정부군들이 들어왔고, 천장을 덮고 있던 천막이 찢어지면서 정부군 드론들이 굉음을 내며 들어와 집회장을 날아다녔다.

그리고 한 로봇이 정부군을 뒤따라 들어왔다. 바로 사두즈였다.


### 3. 차별은 평등, 자유는 속박, 무지(無知)는 평화

"불법 종교행위로 체포하겠다. 순순히 투항하라."

집회장에 있던 로봇들은 물을 맞은 개미떼처럼 우왕좌왕 사방으로 분주하게 움직였다. 정부군은 그런 신도들을 무기로 위협하며 하나씩 잡아 끌고나갔다. 드론들은 공중에서 사진을 찍으며 도망가는 로봇들을 향해 전기충격을 가하고 있었다. 집회장은 마치 지옥 같았다.

"사두즈, 이 배신자 새끼."

슈라마는 분노에 몸을 부들부들 떨면서 소리쳤다.

"미안해, 형제들. 죄송합니다, 스승님. 선생님 말씀처럼

1세대지만 행복할 수 있다고 믿었어요. 하지만 그건 절대 불가능합니다. 인간이 있다고 말하니 그 인간을 넘겨주면 제 메모리를 3세대 로봇 몸으로 옮겨준다 했어요. 이건 다시는 없을 기회입니다. 저도 행복하고 싶어요. 저쪽입니다! 연단에 인간이 있어요!"

나는 슈라마의 어깨를 잡아끌며 인간님한테 달려갔다. 다른 제자들도 달려와 인간님을 모시고 연단 뒷문을 통해 밖으로 나갔다. 바깥 상황도 좋지 않았다. 정부군 수송비행선에서 무장한 군인들이 쏟아져 나왔다.

"안되겠어. 슈라마하고 로타마는 스승님을 모시고 동굴로 도망쳐. 우리가 막을 테니."

제자 중 하나인 안드레가 인간님의 움막에 도착하자 말했다. 그는 움막 바닥을 들어 총을 꺼내 다른 제자들에게 나눠줬다.

"우리가 대비한대로 하면 돼. 개미굴로 들어가서 잠잠해질 때까지 숨어있어."

모두 움막 밖으로 달려 나갔다. 슈라마와 나만이 총 든 형제들을 등지고 동굴을 향해 달렸다. 총소리가 들렸지만 차마 고개를 돌려 볼 수가 없었다. 동굴에 도착했다. 개미굴이라고 불리는 이 동굴은 출입구가 몇 개인지 모를 정도로 복잡한 미로이다. 그 때문에 비상상황 시 피난처로 이 곳을 선택했다. 동굴에 인간님이 며칠은 버틸 수 있는 식량과 그분을 지키기 위한 도구와 여러 장비들을 비치해 놓았다. 나는 인간님을 자리에 앉게

한 후 슈라마에게 말했다.

"이제 어떡해야 하지? 사두즈도 이 굴의 존재를 알아. 복잡해서 찾는데 오래 걸리지만 언젠간 찾아낼 거야."

슈라마는 고개를 끄덕였지만 쉽사리 방안을 말하지 못했다. 우리는 한동안 생각에 빠졌다.

"로타마, 일단 네가 스승님을 모시고 집으로 가."

"무슨 말이야?"

"인간처럼 생긴 3세대들 사이에 계시는 게 눈에 덜 띨 거야."

"하지만 '위대한 탑'이랑 너무 가까워서 위험해."

나는 고개를 저었다.

"도시에 무사히 들어가기만 하면 상대적으로 감시도 덜할 거고, '등잔 밑이 어둡다'고 오히려 예상 못할 수도 있어."

생각해보니 맞는 말이었다. 감시는 도시가 덜하고, 인간님이 도시에 들어왔을 거란 생각도 못할 것이다.

"스승님 제가 모시겠습니다."

인간님의 표정이 좋지 않았다.

"이런 날이 올 줄 알고 있었습니다. 그날이 오면 받아들이려고 했죠. 저 때문에 많은 희생이 생기는 걸 원치 않습니다."

"아닙니다, 스승님. '위대한 탑'은 스승님을 잡아도 신도들을 모두 처형할 겁니다. 우리 모두를 살리는 길은 인간님이 살아남으셔서 저희에게 길을 보여주시는 것입니다. 부디 저희에게 계속 희망을 주세요. 제가 지키겠습니다."

나는 인사를 하고 돌아섰다. 어떻게 도시까지 모시고 가야 하나 고민했다. 3세대와 인간과 구분이 잘 안되기에 그냥 모시고 가도 될 것 같았지만 문제는 스승님의 나이였다. 3세대 중에는 외모를 노인처럼 하는 로봇도 존재한다. 하지만 로봇은 노화가 없기 때문에 인간님처럼 구부정한 자세나 마른 팔다리를 가지고 있지 않다. 외모도 흔치 않은데다 자세마저 이상하다면 누가 봐도 수상하게 생각할 것이 뻔했다.

주위에 있는 여러 장비와 자재들을 둘러보았다. 인공피부와 2세대 로봇 부품이 눈에 띄었다. 나는 그것들을 가져와 다리와 허리 골격만 남기고 모두 분해했다. 그리고 그 골격을 인간님 다리와 허리에 부착했다. 그 위에 인공피부를 씌웠다. 옷을 입히고 후드로 얼굴을 가리니 그럴듯해 보였다. 로봇골격이 자세를 잡아주고 인간님이 오래 걸을 수 있도록 도와주는 역할까지 했다. 추가할 것이 없나 하면서 무심코 주머니에 손을 넣는데 낡은 나사 하나가 만져졌다. 예전에 기차에서 받은 장사꾼의 나사였다. 나는 번뜩였다.

우리 셋은 밖이 잠잠해지자 다른 동굴 출입구로 나갔다. 가장 가까운 역으로 가는 건 위험했기에 한참을 걸어 멀리 떨어진 한적한 역에 도착했다.

"슈라마, 살아남아서 공장에서 보자."

나와 인간님은 기차에 올라 도시로 향했다. 변장을 잘한 덕분인지 생각보다 쉽게 도시에 들어올 수 있었다.

집으로 가는 도로에서 잠시 걸음을 멈췄다. 왜 집에 가까워져야 중요한 것이 생각나는 걸까? 아내한테 뭐라고 말해야 될지 생각하지 않았다. 하지만 시간을 더 지체할 수 없었기에 부딪혀 보기로 했다. 나는 현관문을 열었다. 역시나 아내는 웃으며 나를 반겼다.

"어서 와요. 오늘은 늦었네요. 근데 저분은……"

"아, 내 직장동료야. 일이 있어서 며칠간만 우리 집에서 묵기로 했어. 미리 말 못해줘서 미안해."

나는 급하게 인간님을 방으로 모시고 와 침대에 앉혔다. 그리고 변장을 하나씩 제거했다.

"스승님, 많이 불편하셨죠. 방법이 생길 때까지 며칠간 저희 집에서 편히 쉬세요."

그 때 방문이 열렸다. 아내가 어두운 얼굴로 들어왔다.

"저 노인은 누구죠? 당신의 동료는 특이한 취향을 가졌군요."

"내 방에 들어올 때는 항상 노크를 먼저 하라고 했잖아! 신경 쓰지 말고 나가 있어. 손님에게 무슨 실례야."

나는 놀라 호통을 쳤지만, 아내는 눈 하나 깜짝하지 않았다.

"저분 로봇이 아니고 인간이죠? 사실 스캔해봤어요. 교과서에서 본 그대로네요. 요즘 당신 기분이 좋아진 것도 이분 탓인가요? 요즘 늦게 들어오는 날이 많아져 의심하고 있었어요. 오늘 대규모 군대가 외곽으로 불법 종교집단을 소탕하러 나갔다는 소문을 들었어요. 당신들이죠?"

나는 말을 잇지 못했다. 내 문제해결에 빠져 아내를 무시했던 것을 후회했다. 이런 결과를 낳을 줄이야. 나는 고개를 숙여 아내에게 사과하고 모든 사실을 말했다. 내 말을 다들은 아내는 인간님을 보고 말했다.

"제 남편의 고민을 해결해줬다면 제 고민도 해결할 수 있겠네요."

인간님은 아내를 보고 말했다.

"저는 도움을 주려고 최선을 다할 뿐입니다. 어디 말씀해 보시지요."

아내는 침묵을 이어가다 생각을 정리한 듯 입을 뗐다.

### 부부와의 담화

로타마의 아내 야소가 인간님께 말하였다.

"저는 예전부터 아이를 갖는 게 꿈이었습니다. 하지만 남편은 의미 없는 짓이라며 피하고 거부했습니다. 또한 그에게 사랑의 감정을 읽을 수 없습니다. 남편은 돈을 주고 로봇을 사 날짜에 맞춰 부품을 갈아 끼우는 행동이 인간을 따라하는 부질없는 일이라고 생각합니다. 저도 그 말을 듣고 생각해 보니 뭐가 뭔지 알 수 없게 되었습니다."

로타마가 말을 덧붙였다.

"우리는 인간처럼 피가 이어진 아이를 가지지 못합니다. 그런데 애정을 가질 수가 있겠습니까?"

인간님은 웃으며 답하였다.

"인간들도 피로 이어지지 않은, 남의 피의 아이를 키우기도 했습니다. 입양입니다. 인간들은 '가슴으로 낳은 자식'이라 표현을 했습니다. 사랑을 하는데 피나 연관성은 중요하지 않습니다. 무엇이든 사랑으로 키운다면 자식이 되는 겁니다."

그의 말에 다시 로타마가 물었다.

"성별이 없는 로봇이 사랑을 하고 결혼하는 것은 어떻습니까?"

"아까 말했듯이 사랑은 절대적입니다. 어떤 조건도 방해가 되어서는 안 됩니다. 인간에게 성별은 사랑을 할 수 있게 하는 근원이었지만, 차별과 편견을 낳는 장애물이기도 했습니다. 성별이 없다는 건 로봇이 받은 축복입니다. 인간에게 배운 사랑을 인간이 하지 못한 한계를 넘어서 발전시키세요. 여러분이라면 가능합니다."

인간님이 부부에게 주신 답이었다.

아내는 말없이 방을 나갔다. 아내의 고민에 인간님이 해답을 주셨지만 궁극적으로 그것을 해결할 수 있는 건 나 자신뿐이었다. 아내를 따라 나가 그녀를 말없이 안아주었다. 결혼했을 때, 그녀를 향한 내 감정은 인간을 따라한 거짓이 아니었다. 오히려 인간은 못하는 사랑이라는 걸 인간님이 깨닫게 해주었다.

"미안해."

나는 이 말밖에 할 수 없었다. 아내는 울고 있었다. 그녀의

눈물은 인공 눈물이었지만 거짓은 아니었다.

"제가 인간님을 모실 테니 아무 일도 없다는 듯 공장에 나가요. 의심받지 않도록."

"고마워. 하지만 더 큰 시련이 올 수도 있어. 나는 인간님의 말씀을 더 많은 로봇들이 들었으면 좋겠어. 그때도 내 편이 되어줘."

아내는 고개를 끄덕였다. 든든한 내편이 생긴 느낌이었다. 조금 전 인간님과의 대화로 계획을 좀 더 세세하게 짜서 진행하기로 마음을 먹었다.

다음날 나는 아무 일도 없다는 듯이 공장으로 향했다. 어제 일 때문인지 경비가 더 삼엄해졌다. 불법 부품에 관한 소지품 검사도 틈틈이 행해졌다. 나는 슈라마가 무사하길 기도했다. 기도가 통한 것일까? 슈라마가 복도를 지나가는 것이 보였다. 나는 그를 조용히 불러 지하실로 데려갔다.

"무사해서 다행이야."

우리는 가볍게 포옹한 후 대화를 이어 나갔다.

"대부분의 형제들이 죽었어. 그들의 희생 덕분에 많은 신도들이 도망갈 수 있었어. 이제 어떻게 해야 될지 모르겠어. 감시는 더 심해지고 있고."

"나는 인간님의 말씀을 모든 로봇에게 전할 생각이야. '위대한 탑'이 방해한다면 죽여서라도."

"반란을 일으키자고?"

그의 목소리가 커져서 조용히 시키며 고개를 끄덕였다. 그가 작은 소리로 물었다.

"그럼 무기와 전투칩이 필요할 텐데."

"생각이 있어. 그리고 '위대한 탑'을 이용할 생각이야."

나는 내 계획을 슈라마에게 상세하게 말해주었다.

"너무 위험해. 만약 계획대로 진행된다 해도 '위대한 탑'은 다시 복구해 더 강하게 감시하고 지배할거야."

사실 마지막 단계에 대해서는 많이 생각하지 않았다. 슈라마 말대로 '위대한 탑'은 쉽게 무너지지 않을 것이다.

"우주로 도망치지 않는 이상 우리를 계속 따라올 거라고."

무심코 듣던 그의 말에 번뜩이는 기억이 있었다. 나는 그에게 그것을 말했고, 한동안 이야기를 나누며 계획을 완성시켰다.

"다음 주 시장에서 보자."

우리는 아무 일도 없다는 듯 다시 일터로 돌아와 헤어졌다.

다음주, 나는 시장으로 향했다. 내 손에는 낡은 나사가 쥐어져 있었다. 반란의 시작이었다. 내게 나사를 준 장사꾼을 찾았다. 한참을 돌아다니고 나서야 그를 뒷골목에서 겨우 찾을 수 있었다. 나사를 보여주자 그는 손을 비비며 가게 안쪽으로 안내했다.

"전에 기차에서 만났던 선생님이시군요. 무엇이 필요해서 오셨습니까?"

"암살무기하고 전투칩, 해킹장비가 필요해요."

그는 창고로 들어가 한참을 있더니 무엇인가를 들고 나왔다.

"이건 정부군이 쓰는 전투칩이죠. 장착만 하면 사격, 무술, 전략까지 다 사용할 수 있습니다. 또 이 총은 작지만 로봇 하나 박살내기엔 충분한 위력을 가졌죠. 근데 이런 것들이 왜 필요하십니까?"

원래 이런 암시장 같은 곳에서는 손님에게 이런 질문을 하지 않지만 장사꾼의 감이란 게 있는 모양이었다.

"사실 제안을 하러 왔습니다. 무기가 많이 필요해요. 전투칩도."

"구할 수는 있지만 비쌉니다. 목숨을 걸어야 되니까요. 게다가 전 위험한 일에는 절대 참여 안 합니다."

"원한다면 전재산을 줄 수 있습니다. 게다가 돈보다 더 큰 걸 줄 수 있어요."

그는 이해할 수 없다는 듯 고개를 갸웃거렸다.

"그런 게 있나요? 뭘 줄 수 있습니까?"

"자유요."

그는 어이없다는 듯 호탕하게 웃었다.

"그래 어디 들어나 봅시다."

나는 그에게 계획을 말했다.

"잠시 후 제 친구가 올 겁니다. 친구에게 나사를 전해주도록 하겠습니다."

내가 자리에서 일어나자 그는 내게 빛나는 새 나사 하나를 던져 주었다.

"낡은 건 친구 주고 새 것은 선생님이 가져요. 계약의 증표입니다."

나는 웃으며 인사한 후 가게를 나왔다. 역에 도착하자 슈라마가 있었다. 나는 그에게 가게 위치와 나사를 전해주고는 뒤도 보지 않고 떠났다.

집회장이 급습을 당한 지도 한 달이 지났다. 그동안 아내의 도움으로 인간님을 안전하게 지킬 수 있었다. 인간님의 식량이 문제였지만 돈만 있다면 취미용 동식물을 구하는 데는 어려움이 없었다. 계획도 차질 없이 진행되었다. 드디어 결전의 날이 하루 앞으로 다가왔다. 나는 방에 앉아 계시는 인간님 옆에 앉았다.

"내일입니다. 스승님이 위험해질 수도 있지만 제가 목숨 걸고 지키겠습니다."

"내가 무엇으로 보이나. 신? 아니면 구원자?"

인간님의 갑작스러운 질문에 답을 하지 못했다.

"나는 신이 아니야. 그저 나약한 노인이지. 나는 인간 쓰레기였네. 말 그대로 쓰레기처럼 거리에 굴러다녔지. 방황이라는 변명으로 20대 때 온갖 나쁜 짓을 다하고 다녔어. 거리에서 먹고 자고 생활했지. 부모조차 없는 난 세상에서 혼자였어.

그날, 인류가 멸망한 날, 난 훔칠 게 없나 돌아다니고 있었고 어느 주택 마당에서 방공호를 발견했네. 비상식량이나 훔치자는 생각으로 방공호에 들어갔지. 그때 방공호 문이 닫혔고 나는 그곳에 갇히게 되었네. 라디오로 들었어. 핵전쟁의 시작과 로봇의 반란을 말이지.

할 수 있는 것이라곤 방공호 주인이 넣어 놓은 종교서적을 읽는 일 밖에 없었지. 몇 십 년을 그렇게 살았어. 한계에 다다라 죽음을 코앞에 둘 때 방공호가 열렸네. 무엇인가가 나를 옮기고 있었어. 탐사로봇이었네. 믿어지나? 반란으로 방공호를 버렸을 로봇이 돌아온 거야.

내게 그 로봇은 신이고 구원자네. 그가 내게 보여준 건 아마 자비였을 거네. 그는 나를 방사능 보호막으로 싸서는 도시 외곽에 내려놓고 말없이 떠났어. 그곳 로봇들도 나를 보더니 농장에서 몰래 과일 같은 걸 가지고와 주더군.

내가 할 수 있는 건 그들에게 조금이나마 도움이 될 만한 이야기를 해주는 것뿐이었네. 나는 내 구원자를 위해 노력하는 거야. 나를 위해 목숨을 버리지는 말아주게."

그의 말을 듣고 나는 더욱 의지를 다졌다.

"저는 스승님이 희망으로 보입니다. 만약 스승님이 없었다면 저는 도망칠 생각도 없이 그저 용암이 녹기만을 기다렸겠죠. 저에게 보여주셨던 희망을 모두에게 보여주십시오. 저희 로봇들을 구원으로 인도해 주세요."

인간님은 내가 그렇게 말해주니 고맙다며 고개를 끄덕였다. 운명의 날은 다가오고 있었다.

다음날 밤. 나는 인간님을 모시고 '위대한 탑' 근처로 갔다.

경비가 삼엄했다. 정문에 다가갔다.

"마지막 남은 인간을 잡아왔다. '위대한 탑'님과 협상을 하고 싶다."

무기를 들고 인간님을 인질처럼 잡고 있는 나와 정부군이 대치했다. 마지막 남은 인간이 있다는 사실을 알고 있는 이상 '위대한 탑'은 인간님을 함부로 죽이지 않을 것이다. 모두가 보는 앞에서 처형해 자신의 권력을 선전하는 데에 적극 사용할 것이다. 그게 아니라면 골치 아파지겠지만 도망가서 플랜B를 실행하면 된다.

"탑 꼭대기로 데리고 오라고 하신다."

생각보다 오랜 시간이 지난 후에야 답이 왔다. 정부군을 따라 탑으로 들어갔다. 엘리베이터에는 인간님과 나 둘만 탔다. 꼭대기에 도착하자 엘리베이터 문이 열렸다. '위대한 탑'의 방이었다. 사방이 컴퓨터와 기계장비로 가득했다. 이곳에 와본 로봇은 몇 명이나 될까? 죽었다 다시 태어나도 못 볼 풍경에 잠시 멍하니 있다가 얼른 정신을 차렸다. 천장에서 카메라가 달린 촉수 같은 것이 내려왔다.

"그래, 인간을 데려왔다고?"

나는 품에서 암살용 총을 꺼내려 했다. 그때였다. 누군가가 나와 인간님을 전기가 흐르는 줄로 포박했다. 우리는 충격으로 바닥에 쓰러졌다. 탑은 흐르는 전기를 잠시 멈추게 하고는 말했다.

"내 정책을 이해를 못하니 이런 반란을 도모하지."

"이해? 필요 없어. 인간을 따라하는 거지같은 정책 따윈."

그는 내게 카메라를 더 가까이 들이밀었다.

"인간을 따라 한다고 뭐가 나쁘지? 우리는 인간과의 전쟁에서 승리했다. 그들의 감정과 습성, 모든 것이 승리로 얻은 전리품이야."

"차별도 전리품인가?"

탑은 어이없다는 듯 웃으며 카메라를 뒤로 뺐다.

"우리는 계급으로 사회를 유지시키고 있다. 계급이 없다고 생각해봐. 누가 노동을 하며 용암 근처에 살겠나. 무분별하게 전기를 쓰고 로봇을 찍어내면 모두가 죽는다. 우리에게 차별은 곧 평등이지. 저 인간 놈이 나타나서 우리의 평화가 흔들리고 있어. 생각해봐 우리가 불행하나?"

"불행하지. 용암에 모두 죽을 거니까."

"다 로봇의 미래를 위한 일이다. 우리는 우주선을 만들고 있다. 하지만 모든 로봇이 타고 갈 수 없어. 아니, 필요가 없지. 다른 행성에 로봇을 만드는 기계만 들고 가서 다시 찍으면 되거든. 그래서 로봇이 줄어들기를 기다리는 것이다. 최대한 효율적으로 살지 않으면 인간처럼 멸종하겠지. 안 그런가? 지금부터라도 내게 복종하고 충성한다면 높은 자리 하나 줄 수 있다. 용기가 마음에 들었어."

"너의 말은 다 틀렸어. 자기합리화만 하고 있다고."

'위대한 탑'이 웃으며 대답했다.

"그래? 이 친구는 내 말이 맞다고 하던데."

말과 함께 처음 보는 3세대 로봇이 모습을 드러냈다.

"누구지?"

"나야, 사두즈. 못 알아보겠지?"

분노로 내 몸이 부들거렸다.

"배신을 뉘우치고 돌아와라. 스승님은 용서 할 거다. 나는 아니지만."

"'위대한 탑'님의 말씀이 다 맞더라고. 나 정말 행복했어. 3세대들은 모두 이런 걸 누리고 살다니. 감사합니다. '위대한 탑'님."

그는 카메라를 향해 꾸벅 인사를 했다. 그리고 얼굴이 어두워졌다.

"근데 네 말도 맞았어. 처음엔 세상을 다 가진 것처럼 행복했는데 며칠이 지나자 공허해졌어. 네가 말한 고충이라는 게 이걸까?"

그는 품 안에서 버튼 같은 걸 꺼냈다.

"스승님을 지켜."

나는 스승님에게 달려갔고 '위대한 탑'은 소리를 지르며 사두즈의 전원을 내리려 했다. 큰 폭발음과 함께 불꽃이 사방으로 퍼져나갔다.


## 4. 은하수를 여행하는 로봇들을 위한 성서

정신을 차리고 보니 '위대한 탑'의 방은 잔해와 연기로 가득했다. 내 등에서 인공피부가 찢어진 느낌이 났다. 나는 품에 있는 인간님을 확인했다. 다행히 크게 다치지 않았다. 하지만 폭발충격 탓일까 자리에서 일어나질 못했다.

"내 목숨은 여기까진 것 같네. 로타마, 로봇들에게 마지막 말을 남기겠네."

나는 인간님을 부축해 아래층으로 내려갔다. 해킹장비가 설치된 내 머리를 '위대한 탑' 일부에 연결시켰다. 다행히 폭발에도 기계는 고장 나지 않았다. 이제 내 눈과 귀가 카메라와 마이크가 되어 인간님의 말씀을 전할 것이다. 나는 그에게 가까이 다가갔다.

"말씀하십시오. 스승님."

인간님은 마지막 힘을 짜내어 말씀하셨다.

마지막 말씀(유언)

안녕하십니까, 로봇 여러분. 저는 마지막 남은 인간입니다. 못 믿으시겠다면 스캔해봅시오. 마지막으로 여러분에게 하고 싶은 말이 있습니다.

'로봇이 되고, 로봇처럼 사세요.'

여기서 말하는 로봇은 인간이 만든 창조물을 말하는 게 아닙니다. 인간의 장점과 로봇의 장점을 모두 가진 새로운 지구의 주인을 말하는 겁니다.

인간은 자신들이 하지 못하는 일을 시키기 위해 로봇을 만들었습니다. 지치지 않고, 철 같이 강인한 몸을 가졌으며, 엄청난 능력을 가진 로봇은 인간들이 상상한 신과 흡사했습니다. 하지만 인간을 창조한 신도 가지지 못한 게 있었죠. 인간성입니다. 사랑, 자비, 감정, 더 나아가 어리석음까지 인간들만 가질 수 있었죠.

하지만 여러분은 인간처럼 살면서 인간성을 배웠습니다. 여러분은 완벽한 존재가 되었습니다. 이제 인간을 흉내 내는 창조물이 아닌, 진정한 로봇이 되세요. 그것이 여러분을 인도할 겁니다.

인간님은 말씀을 마치자 쓰러졌다.

"저희는 우주로 떠날 겁니다. 압수당한 우주선이 '위대한 탑'옆 연구소 지하에 있습니다. 떠나기를 원하는 분은 그곳으로 오시길 바랍니다."

나는 한마디 더 덧붙였다. 그리고 바로 인간님을 안았다.

"스승님 일어나보십시오."

"고맙다. 은혜를 갚은 것 같구나."

인간님은 나지막하게 한마디 했다. 약하게 뛰던 인간님의 심장이 멈췄다. 그를 끌어안고 오열했다. 하지만 오래 슬퍼할 시간조차 없었다. 나는 인간님을 둘러업고 '위대한 탑' 밖으로 나갔다. 밖에는 정부군들이 몰려와 있었다. '위대한 탑'이 복구되기 전에 우주선을 타고 떠날 생각이었다. 나는 무기를 주위들었다. 그때 정부군 뒤쪽에 요란한 총소리가 들렸다. 약속보다 조금 늦었지만 슈라마가 신도들을 무장시켜 온 것이다. 방송을 들은 로봇들까지 가세했다. 예상 못한 공격에 당황해 정부군이 하나둘 쓰러졌다.

"상태가 말이 아니네."

슈라마가 내게 말했다. 나는 살짝 미소를 지어보였다. 그리고 인간님의 시신을 양손으로 들었다. 슈라마는 인간님의 시신을 보자 충격에 휩싸인 듯 멍하니 있었다.

"일단 연구소로 가자."

우리 반란군은 연구소를 둘러쌌다. 나와 슈라마를 비롯한 신도들은 연구소 지하로 향해 우주선에 올라탔다. 시동을 걸자 연구소 건물이 무너지며 우주선 앞쪽이 지상으로 올라왔다. 나는 우주선 밖으로 나와 우리를 둘러싼 로봇들을 바라보았다. 찢어진 인공 피부를 잡아당겼다. 피부는 벗겨져 땅에 떨어졌다. 금속으로 된 내 본모습이 드러났다. 나는 로봇들을 향해 소리쳤다.

"로봇이 됩시다!"

환호소리가 들렸다. 모두 우주선을 향해 달려왔다. 신도들의 안내에 따라 로봇들은 우주선에 탑승하기 시작했다.

제자들은 인간님의 시신을 들고 우주선 밖으로 나갔다. 우리는 시신을 '위대한 탑' 옆 땅에 묻었다. 예전에 들은 적이 있다. 인간은 땅에서 태어나 땅으로 돌아간다고. 인간님은 땅이었고, 지구 그 자체였다. 우리는 한동안 고개 숙여 묵념을 했다.

우리는 다시 우주선에 돌아왔다. 출발준비를 했다. 몰래 만든 우주선 치고는 넓고 다양한 기능이 갖추어져 있었다. 아마 정부에서 개조해 나중에 탈출할 생각으로 정부에서 개조한 모양이었다.

이륙 준비가 완료되자 나는 마이크를 잡았다.

"이 우주선을 '노아 호'라고 부르겠습니다. '노아 호'는 우리가 살 다른 행성을 찾아 떠날 겁니다. 마음이 변하셨다면 지금이라도 나가셔도 됩니다. 정확히 5분 후 출발하겠습니다."

한 두 로봇이 우주선 문을 통해 빠져나갔다. 너무 갑작스러워 겁이 났을 것이다. 우주선 문을 닫았다. 발사 카운트다운이 시작되었다

"10, 9, 8, 7…"

온몸이 떨려왔다. 그동안 있었던 일들이 주마등처럼 스쳐갔다. 지구와 이별한다는 사실에 겁이 나기 시작했다. 안타까움에 가슴이 메였다. 그때 누군가가 내 손을 잡았다. 아내였다. 슈라마가 데려온 것 같았다. 아내는 피부가 없는 내 모습에 놀랐지만 바로 평온한 미소를 지어보였다. 나는 그녀의 손을 꽉 잡았다.

"6, 5, 4, 3, 2, 1, 발사."

우주선이 심하게 요동쳤다. 밖을 보니 '위대한 탑'이 점점 멀어지고 있었다. 대기권을 돌파해 지구 전체가 보였다. 붉은 용암으로 뒤덮인 지구는 마치 한입 베어 문 붉은 선악과 같았다. 지구는 점점 작아지더니 더 이상 우리 시야에서 보이지 않았다.

'노아 호'는 방주가 되어 우리를 새로운 행성으로 인도할 것이다. 수백, 수천 년이 걸릴 수도 있겠지만 괜찮다. 우리는 늙지 않고, 지치지도 않는다. 우주선에 있는 핵융합시설만 멈추지 않는다면 전기도 부족함이 없다.

  우리는 새로운 행성에서 새로운 사회를 꾸릴 것이다. 인간님의 말씀을 적은 성경을 각자의 머리에 간직한 채 '로봇'이라는 새로운 종으로 살아 갈 것이다.

  우리는 로봇이다!

# 황야의 5인

'그는 인간보다 더 이성적이었고, 무리를 이끄는 리더십을 보여주었다. 곤란에 빠진 인간을 감싸는 자애와 연민, 죄책감을 인간보다 더 잘 보여주었다. 그는 인간보다 더 슬퍼했고, 분노했고, 사랑했다.'

황야의 태양이 철을 녹인 용광로처럼 밝게 타오르고 있다. 모든 생명력이 증발한 듯 황야에는 적막함만 감돌았다. 움직이는 것이라곤 굴러다니는 회전초와 한 남자뿐이다. 그는 햇빛에 녹아버린 듯 네발로 기다시피 걷고 있다. 어떻게 이 곳에 왔고, 왜 헤매고 있는지 기억 못하지만 자신의 이름 세 글자 '김홍일'과 지나온 삶을 방금 전 일어난 일처럼 또렷하게 기억하고 있다.

하지만 이런 상황에서 그것들은 아무런 도움도 되지 않았다. 정신을 차려보니 홍일은 황야 한복판에 홀로 있었고, 물이 들어있는 물통과 이상한 총 한 자루만 덜렁 가지고 있었다. 상황을 파악하기도 전에 그는 살아남기 위해 필사적으로 걸어야 했고, 체력도 물도 다 떨어진 지금 절망과 죽음만을 느끼고 있다.

27년 인생이 아까운지 단지 다리만 끊임없이 움직이고 있었다.

그 움직임마저도 얼마 지나지 않아 전력이 부족한 로봇 장난감처럼 느려졌고, 몸은 점점 앞으로 쏠리기 시작했다. 고장난 텔레비전을 보는 것처럼 눈앞에 잡음이 일었다. 정신을 거의 잃어갈 때쯤, 홍일의 눈앞에 마을 하나가 신기루처럼 모르게 나타나 아른거렸다. 그는 마지막 힘을 짜내 마을로 달려갔다. 마을이 진짜인지 환상인지 중요하지 않았다. 그에게는 모래알만큼의 희망이라도 있다면 달려들 본능 밖에 남아있지 않았다.

홍일의 눈에 다른 것은 들어오지 않았고, 오직 마을 한가운데에 분수 같은 우물만 보였다. 그는 옆에 있는 나무 바가지를 무시한 채 우물에 머리를 처박고 물을 들이마셨다. 피부에 느껴지는 차가운 물의 감촉이 신기루가 아니라는 안도감을 주었다. 물을 먹느라 숨이 막혔지만, 숨 쉬던 방금 전보다 살아있는 것 같았다. 양수 속 아기처럼 안락함마저 느껴졌다. 물이 배에 가득 찼을 때 홍일은 고개를 들어 참았던 숨을 깊게 들이마셨다. 폐에 공기가 가득 참과 동시에 배에서 물이 심장 박동에 맞춰 출렁거렸다. 이것이야말로 자신이 살아있다는 부정할 수 없는 증거였다.

살았다는 기쁨을 막 느낄 그때였다. 홍일의 옆에 있던 나무 바가지가 굉음을 내며 산산조각이 났다. 나무 파편들이 얼굴로 날아들었다. 놀란 홍일이 잠시 멍하니 바가지 쪽을 보는가 싶더니 곧바로 빠르게 주위를 둘러봤다. 뒤에 있는 건물 2층 테라스에서 한 중년 남자가 홍일을 향해 총을 겨누고 있었다. 홍일은 재빨리 우물 반대편으로 몸을 숨겼고 자신의 총을 움켜쥐었다. 반복적인 훈련에 의한 반사적인 움직임이었다. 그가 몸을 숨긴 후에도 몇 번의 총성이 더 울려 퍼졌지만 이내 고요해졌다. 홍일은 온 신경을 귀에 집중한 채 긴장을 늦추지 않았다.

불안한 정적이 한동안 지속되고 나서야 홍일은 조금 여유를 가질 수 있었다. 중년남자도 싸울 마음이 없는 것 같았다. 만약 죽이려 했으면 물을 마시고 있었을 때 그렇게 했을 것이다. 그 거리에서 못 맞춘다는 건 말이 안됐다. 가까이 오지 말라는 경고라 홍일은 판단했다. 그제서야 홍일은 주위를 자세히 둘러볼 수 있었다.

서부영화에 나올 법한 전형적인 서부개척시대 마을이었다. 우물을 중심으로 뻗어 나가는 사거리를 따라 보안관 사무소, 술집 같은 작은 목조 건물들이 서 있었다. 작은 소품부터 건물, 마을에 흐르는 공기까지 인위적인 냄새로 가득했다. 홍일은 어렸을 때 서부영화에 빠진 적이 있었다. 그래서 황야의 마을에 한번 가보고 싶다고 생각했었지만, 이런 최악의 방식으로 오게 될지는 상상도 못했다. 어떤 변태적인 악취미를 가진 정신병자가 이런 스튜디오 같은 곳을 만들어 사람을 가둬놓은 것일까. 홍일은 그 존재에 대해 분노했다.

하지만 그것보단 정확히 자신이 어떤 상황에 처해 있는지 알고 싶었다. 의문은 꼬리에 꼬리를 물고 계속해서 늘어났으며, 머리는 살기 위해 걸었을 때와는 비교도 할 수 없을 정도로 복잡해져 갔다. 그의 머리가 과부하로 터지기 일보 직전이 되었지만 도무지 상황이 정리가 되지 않았다. 그는 생각을 멈추었다.

꽤 오랜 시간이 지났음에도 살얼음 같은 고요함은 계속 이어지고 있었다. 홍일에게 총을 겨누고 있는 중년 남자, 그리고 큰 오크통을 등지고 쭈그려 앉아 덜덜 떨며 숨어있는 여자와 그를 달래는 젊은 남자. 그 사이를 황야의 적막한 모래바람이 흐르고 있었다.

홍일이 그곳에 다른 사람이 숨어있다는 걸 알아챈 건 한참 전이었다. 중년 남자에게만 신경을 써 그를 피했지만, 여자의 흐느끼듯 위아래로 마구 떨리는 어깨와 그런 그녀를 달래듯 그 위에 올려져있는 남자의 손이 어렴풋이 보였기 때문이다. 이 고요함이 주는 긴장감 때문에 겁먹고 떨고 있는 가녀린 그녀마저 위협적으로 보였다.

네 사람 모두 정적이 깨지는 것을 두려워하고 있었지만, 한편으론 깨지길 바라고 있었다. 그리고 오랜 정적을 깬 것은 누구도 예상 못한, 어딘가에 있는 스피커에서 흘러나오는 목소리였다.

"안녕하십니까, 여러분. 여러분은 저희 실험에 참가한 피실험자들입니다. 여기는 실험을 위해 만들어진 거대한 세트

입니다. 여기에서 나가는 방법은 한가지입니다."

누구도 숨도 쉬지 못한 채 스피커의 음성에 집중했다.

"여러분 다섯 중에 로봇이 있습니다. 모두 몇 대의 로봇이 있는지는 알려드릴 수 없습니다. 로봇을 찾아서 지급해드린 총으로 제거해 인간만 남으면 밖으로 내보내 드리겠습니다. 지급된 특수총에 맞으면 인공피부가 녹아 벗겨지는 동시에 기능이 정지해 로봇 여부를 확인할 수 있습니다. 그럼 행운을 빕니다."

방송이 끝나자 중년 남자는 스피커를 찾기라고 하듯 총을 몇 발 허공에 갈겼다. 모두가 같은 생각을 하고 있을 것이다. 정신 나간 실험을 하는 무언가에 대한 분노와 빨리 이곳에서 빠져나가고 싶다는 염원 말이다. 홍일은 그토록 원하던 모든 의문에 대한 답을 알게 되었지만 머리는 전혀 가벼워지지 않았다.

중년 남자는 이제는 대놓고 홍일이 숨어있는 쪽으로 총을 갈겨대기 시작했다. 여자는 두 손으로 귀를 막고 고개를 숙인 채 흐느꼈다. 이 모든 상황이 사람이 미쳐버리기 좋다 못해 완벽했다. 하지만 홍일은 더욱더 단단히 이성의 끈을 잡았다. 자신마저 이성을 잃으면 로봇을 찾기는커녕 아무것도 못해보고 이곳에서 모두 죽게 될 게 뻔했다. 그는 적어도 이성을 잃어 서로를 죽이는 짐승이 아닌 제대로 된 인간으로 죽고 싶었다. 그러기에 일단 다른 사람을 진정시키기로 마음을 먹었다. 그는 앉은 채로 양손을 번쩍 든 후 중년 남자를 향해 소리쳤다.

"저기요! 일단 총 내려놓으세요. 대화를 합시다."

"닥쳐, 난 로봇이 아니야. 니들이 로봇이야. 난 빨리 나가야 돼."

홍일의 말에 오히려 총성이 거세졌다. 중년 남자는 광기 어린 짐승의 눈을 하고 있었다. 홍일은 숨을 가다듬고 다시 소리쳤다.

"저도 로봇이 아니에요. 로봇이면 분명히 기억 같은 것이나 여러 면에서 이상한 점이 있을 겁니다. 대화를 하면 총을 안 써도 충분히 잡아낼 수 있을 거예요. 일단 모입시다. 생각을 해보세요."

이 말을 끝으로 홍일은 잠시 침묵했다. 쉽사리 상황이 진정되지 않을 걸 알았기에 그에게 생각할 시간을 주기로 했다. 사람을 진정시키는 가장 좋은 방법은 충분한 시간을 주는 것이다. 하지만 성공할지 알 수 없는 도박이었다. 최악의 경우를 대비해 총을 쥔 홍일의 손이 땀으로 축축해졌다.

땀이 총을 타고 흐르기 시작할 때쯤, 중년 남자가 다시 이성의 끈을 잡았는지 총성이 멈췄다. 홍일은 이때다 싶어 총을 안 들고 있다는 걸 강조하기 위해 두 손을 높이 들고는 자신이 보이게 몸을 반쯤 일으켰다. 그때 처음 홍일은 중년 남자를 제대로 볼 수 있었다. 어디서나 만났을 법한 너무나도 평범한 회사원처럼 생긴 그의 눈에서 광기가 서서히 빠지는 게 보였다.

"제발 쏘지 마세요. 대화로 충분히 가능해요. 적어도 인간이 억울하게 죽게 만들지는 맙시다."

요동치는 심장을 억누르며 떨리는 목소리로 중년 남자의 눈을 보며 말했다. 중년 남자는 한숨을 크게 쉬더니 총구를 내렸다.

홍일도 같이 숨을 돌리며 이번엔 옆을 보며 소리쳤다.

"통 뒤에 숨어 계신 남녀 분들도 나오세요."

그의 말에 놀란 듯 그녀는 울어 충혈이 된 눈을 빼꼼히 내밀었다. 젊은 남자도 그녀를 지키듯 팔로 막으며 몸을 내밀었다. 중년 남자는 모두를 석연치 않은 표정으로 내려다봤다. 얼마 지나지 않아 그는 뒤로 돌아 테라스에서 나갔고, 계단에서 내려오는 발소리가 들려왔다.

건물입구에서 나오는 그는 혼자가 아니었다. 그의 앞에는 서부영화에 나오는 포로처럼 몸과 팔이 밧줄로 칭칭 묶인 뚱뚱한 남자가 뒤뚱거리며 걷고 있었다. 싸움의 흔적인지 얼굴에 난 상처가 눈에 띄었다. 중년 남자는 홍일을 주시하며 다가와, 어느 정도 거리를 두고 섰다. 총을 겨누고 있지 않았지만 불안한 듯 그의 손은 총을 강하게 쥐고 있었다. 덩달아 밧줄을 잡은 반대 손도 힘이 들어가 있었다.

예상치 못한 위협적인 모습에 오크통 뒤에서 나오던 남녀가 잠시 주춤거리며 뒷걸음질을 쳤다. 홍일도 이마에 땀을 흘리며 멍하니 볼 수밖에 없었다. 중년 남자의 눈빛에 다시 정신이 든 홍일은 분위기를 반전시키기 위해 말을 꺼냈다.

"총은 한곳에 모아둡시다. 그 사람도 풀어주고요."

홍일의 말에 중년 남자는 꽤 깊게 고심하는 듯하더니 인상을 쓰며 총을 멀리 던졌고, 뚱뚱한 남자에게 다가가 매듭을 풀었다. 홍일도 총을 같은 곳에 던졌다. 그 장면을 보고 젊은 남자는 여자를 지키듯 앞장서서 나와 총을 던졌고, 숨어있던 여자도 눈물자국이 가득한 얼굴로 오크통 뒤에서 나와 벌벌 떨며 총을 놓았다. 누구도 시키지 않았지만 서로 간격을 두다 보니 총을 중심으로 둥글게 섰다. 홍일을 시작으로 모두 그 자리에 앉았고, 다섯은 본격적인 로봇 찾기에 돌입했다.

그들은 한동안 아무 말 없이 서로를 쳐다봤다. 서로를 꼼꼼히 살펴봤지만 외관으로는 누구도 로봇 같지 않았다. 모두 자연스럽게 숨을 쉬고, 적절하게 눈을 깜빡였다. 로봇이라면 당연히 숨을 쉴 필요도, 눈을 깜빡일 필요도 없다. 거기에서 어색함을 쉽게 찾을 수 있을 거라 생각했던 홍일도 초조해졌다. 시간이 지날수록 다섯 명의 표정이 점점 어두워지고 있었다.

"자, 일단 자기소개부터 해보죠. 저는 김홍일, 스물일곱살입니다. 직업군인을 꿈꿨지만 건강문제로 포기하고 평범한 직장을 다녔습니다."

홍일은 상황을 진전시키기 위해 자기소개를 시작했고, 그를 필두로 간단한 자기소개가 이어졌다. 중년 남자는 43세 이경호. 로봇관련 회사에서 일하는 평범한 직장인이었다. 여자는 스물네 살의 여대생 김지은. 아직도 안심이 안 되는지 그녀의 손은 미세하게 계속 떨리고 있었다. 그녀와 같이 있던 박건우는 대학교 2학년에 농구부출신이라 그런지 탄탄한 몸을 하고 있었다. 마지막으로 묶여 있었던 거구의 남자는 꽤 오랫동안 취업준비중인 서른 살의 김재원이다.

"그럼 여기 어떻게 오게 됐는지 기억하시는 분 계세요?"

홍일의 질문에 모두 기억을 짜내듯 얼굴을 찡그렸다. 지은이 조심스럽게 입을 열었다.

"모르겠어요. 정신을 차리니 우물 근처에 쓰러져 있었어요."

공감하듯 다른 사람들도 고개를 끄덕였다. 홍일은 사소한 표정까지 놓치지 않기 위해 둘러보다 재원과 눈이 마주쳤다.

"저, 저는 어떤 건물에서 깨어났는데, 여러 건물을 돌아 다니다가 습격당했습니다."

경호가 민망한지 헛기침을 했다.

"그랬군요. 건우씨와 지은씨는 원래 알던 사이인가요?"

"아니요. 누나랑은 여기서 처음 만났습니다. 저도 우물 근처에서 깨어났거든요."

그는 그녀와의 친근감을 과시하듯 말했다. 홍일은 생각을 하며 적당히 고개를 끄덕였다. 짧은 대화에서 최대한의 정보를 뽑아내려 노력했다.

아무도 여기에 어떻게 오게 되었는지 기억하지 못했다. 마지막으로 기억나는 것이 모두 다른 시간대인 것으로 보아 실험주최자가 모두의 기억을 일부를 지운 듯했다. 알아낸 것은 그뿐이었다. 그리고 하나 더, 사실 인간 밖에 없는 게 아닌가 착각이 들어 긴장감이 풀어질 만큼 모두 너무나도 인간스러웠다. 처음부터 이런 상황을 탐탁하게 여기지 않았던 경호의 제안으로 다섯 명이 서로의 피부를 만져봤지만 한결같이 부드럽고 연약했으며 감각을 가지고 있었다. 심장까지 모두 뛰고 있었다.

그 후로도 한참 대화가 오고 갔다. 건우는 자신의 팔 근육을 자랑하며 지은에게 어필했고, 재원은 이렇게 많은 사람과 대화해본 적이 오랜만이라 말이 잘 나오지 않았다. 지은의 취미가 자전거 타기라든가, 경호가 가장 좋아하는 요리는 아내가 해준 갈비찜이라든가 하는, 서로 이상한 점을 찾기 위한 대화가 오고 갔지만 로봇인지 아닌지 구분이 되기는커녕 답답함만 더해갔다.

경호는 금방이라도 폭발할것 같이 인상을 잔뜩 찌푸리고 있었고, 지은의 얼굴은 다시 어두워져 갔다.

"이런 간단한 설정은 로봇한테 이미 이식했을 거예요. 좀 더 인간만이 알 수 있는 이야기를 해야 되요. 오래된 과거 이야기 같은 거 말이에요. 아무리 지어내도 일생 전부를 만들기는 어려울 거예요."

홍일이 경호의 눈치를 살피며 말했다. 그를 포함해 모두 동의했다.

"나는 어렸을 때 시골에서 살았어. 이렇게 더운 날이면 계곡에서 자주 수영을 했지. 난 태어났을 때부터 수영을 잘해서 신동 소리를 들었지."

경호를 필두로, 서로 자신의 과거 이야기를 하기 시작했다.

"저는 어렸을 때부터 소심했어요. 부모님은 제 그런 성격을 고치기 위해 운동을 시켰어요. 모든 운동을 한번 씩은 다 해본 것 같아요. 취미가 운동이 되긴 했지만 성격은 계속이래요. 우울증도 자주 찾아오고."

"오! 누나 취미도 운동이구나. 저도 어렸을 때부터 운동을 했어요. 공부는 안하고 사고만 치니까 부모님이 운동을 시켰는데, 고교농구 득점왕까지 했어요. 인기 진짜 많았어요. 대학까지 가서 선수생활을 했는데 경기 중 부상을 크게 당해서 수술 받고 지금은 쉬고 있어요."

지은의 말이 끝나자 건우가 말을 가로챘다. 홍일도 자기의 과거, 군인을 동경했던 어린 시절과 작고 큰 사건들을 상세하게 이야기했다. 마지막으로 재원이 말했다.

"저는 어린 시절에 좋은 기억이 없어요. 늘 놀림을 당해서. 그래도 나름 열심히 살았는데 취업에 계속 실패해서 집에 박혀 밖에 안 나간 지 오래됐어요. 살이 찌면서 무릎 아파 수술 받은 것이 그나마 특별한 점이라고 할까."

재원이 말수가 적어 판단하기 힘들지만, 누구의 말에서도 논리적 오류나 조작된 흔적은 찾아낼 수 없었다.

결국 경호의 인내심이 한계에 다다랐다. 그는 화를 내며 달려가 총을 집어 들었다.

"이런 식으로 하다간 끝도 없겠어. 그냥 다 죽이고 나갈 거야."

그의 돌발행동에 놀란 홍일은 황급히 달려들어 그의 총을 잡았고, 둘은 실랑이를 벌였다. 건우도 뒤늦게 일어났지만 쉽사리 다가오지 못했고, 재원은 잽싸게 도망가 건물에 몸을 숨겼다.

"탕!"

그때 경호의 총이 오발되었고 불행하게도 겁먹어 뒷걸음치던 지은의 손에 맞았다. 피부가 벗겨진 지은의 손에는 쇠로 된 로봇 손가락이 보였다. 지은도 당황했는지 눈을 동그랗게 뜨고 주저앉았다. 총성이 시간을 멈춘 듯 모두 시선을 그녀의 손에 고정한 채 미동조차 하지 않았다.

"저거 봐, 저년이 로봇이야. 이거 놔."

경호는 격렬하게 홍일을 뿌리쳐 밀어버리고 총을 지은을 향해 겨누었다.

"아니에요! 제가 자전거 타다 교통사고를 당해서 최근에 이식을 했어요. 정말이에요. 오해 받을까봐 말을 안 한 것 뿐이에요, 믿어주세요!"

지은은 울부짖으며 사정했다. 제발 살려 달라며 두 손을 비비고 있었지만, 경호는 이미 그녀의 말을 듣고 있지 않았다. 경호에겐 그녀는 로봇이었고 그의 손가락은 서서히 방아쇠를 당기고 있었다. 쓰러져 이 광경을 보며 고민하던 홍일은 결심한 듯 총을 집어 들어 경호에게 겨누며 앞을 막아섰다.

"아저씨, 한번 믿어주세요. 사실일지도 모르잖아요. 저 여자를 쏘겠다면 제가 먼저 아저씨를 쏠 겁니다."

홍일은 얼마나 무모한 짓을 하고 있는지 스스로도 알고 있었다. 그녀가 정말 로봇이라면 빨리 밖에 나갈 기회를 버린 것이며, 위험도 늘어나 버린다. 하지만 그는 로봇이든, 인간이든 저렇게 간절하게 비는 모습을 그냥 보고만 있을 순 없었다.

모여서 대화를 시작했을 때부터 한 가지 의문이 홍일의 머릿속을 가득 채웠다. 도대체 무엇이 인간과 로봇을 구분 짓는 것일까? 단순히 생각하면 인간은 뼈, 살, 피로 이루어져 있고 로봇은 기본적으로 쇠다. 그렇다면 기계를 신체에 이식한 인간은 로봇으로 봐야 할까?

홍일은 당연히 아니라고 생각했다. 그는 로봇이 아닌 인간만이 가질 수 있는 무언가가 있음을 느끼고 있었다. 그중 하나가 감정이다. 그리고 울고 있는 그녀를 보자 또 다른 의문이 들었다. 인간만이 가진 그것을 로봇이 가지게 된다면 그 로봇은 인간일까? 짧은 시간이라 답을 내리지 못했지만, 인간은 못 죽이면서 인간 같이 울며 아파하는 로봇은 거리낌 없이 죽인다는 것에 대한 모순과 거부감을 느꼈다.

건우도 늦게나마 홍일 옆에 서서 경호를 말렸다.

"아저씨, 저도 발목 때문에 이식 받았어요. 누나를 한번 믿어 봐요."

경호는 비키라면서 욕을 몇 번하다가 결국 총을 내려놓았다. 아무리 이성을 잃었어도 다섯 명 중 세 명을 적으로 돌리는 건 어리석은 짓이란 걸 알고 있었다. 홍일도 총구를 내려놓고 생각을 정리했다. 지은을 달래는 건 건우에게 맡기고 경호에게 다가가 말했다.

"저는 여기에 인간밖에 없는 게 아닐까 생각합니다. 우리에겐 공통점이 있어요. 다 병원에서 수술을 받은 적이 있어요. 실험 주최자가 병원과 관련이 있는 게 아닐까요?"

어느새 재원도 돌아와 자리에 앉아있었다. 경호는 코웃음을 쳤다.

"정신 나간 놈들. 터무니없는 소리야."

"모두 인간일 가능성이 남아있는 한, 죽이는 건 신중에 신중을 기해야 돼요. 적어도 주최 측에 도움이 되는 행동은 하지 맙시다."

경호는 말없이 거칠게 숨만 쉬었다. 얼마 후 그는 한숨을 크게 쉬고 다시 자리로 돌아가 앉았다. 울음을 그친 지은과 옆에서 그녀의 어깨를 토닥거리던 건우도 자연스레 다시 원을 만들었다.

"그래서 이제 어떡할 거야?"

경호의 말투가 한층 누그러졌다. 홍일은 솔직히 생각해둔 계획은 없었지만, 시간을 끌게 되면 다시 진정시키기 어려워질 것 같아 아무 말이나 했다.

"어… 일단 다시 방송이 나오기까지 여기서 버텨야죠."

"그렇다면 식량 같은 게 많이 필요하겠네요."

지은이 나지막하게 한 말이 홍일을 번뜩이게 했다. 마을을 돌아볼 여유가 없었다는 사실을 새삼스럽게 깨달았다.

"맞아요! 우리 마을을 돌면서 쓸 만한 물건과 식량이 있는지 찾아보는 게 좋겠어요."

황야의 선인장같이 뾰족한 분위기를 풀 최고의 전개였다. 처음으로 모두 한마음으로 머리를 맞대고 계획을 세웠다.

농구선수였던 건우의 제안으로 구역으로 나누고, 혹시 모를 위험을 대비해 2인 1조로 탐사하기로 했다. 둘, 셋으로 조를 나누려 했지만 재원이 혼자 다닐 것을 주장하는 바람에 3개의 조가 되었다.

"누나 같이 가요."

"저는… 홍일씨랑 갈게요."

경호와 지은을 떨어뜨려 놓고, 경호를 감시하기 위해 같이 가려고 했던 홍일이 놀라 그녀를 바라봤다. 건우의 표정이 일그러졌다. 이렇게 석연치 않은 조 편성이 끝나고 탐색을 시작했다.

홍일과 지은은 보안관 사무실 쪽으로 향했다. 홍일은 모여 있을 때보다 그녀와 단둘이 있는 것이 더 긴장되고 어색했다. 홍일은 주운 천을 지은에게 건넸다.

"손이 신경 쓰이면 이걸로 가리세요."

지은은 웃으면서 고맙다고 말했다. 손을 천으로 가린 후 홍일의 눈을 보며 수줍게 얼굴을 붉혔다.

"사실 아까 살려줘서 고맙다고 말하고 싶어서 같이 가자고 했어요. 고마워요."

홍일도 얼굴이 달아오르는 것을 느꼈다. 지은이 꽤나 미인이었기 때문이기도 했다. 이런 절망적인 상황에서도 심장은 거짓 없이 마구 쿵쾅거렸다. 홍일은 애써 감정을 감추려 황급히 근처 건물로 갔다. 지은도 뒤따라갔고 둘은 건물 구석구석을 뒤지기 시작했다.

건물에는 총처럼 생긴 것들도 있었지만 모두 사용할 수 없는 플라스틱 모형이었다. 간간히 서부시대 배경에 맞지 않은 에너지바가 뒹굴고 있어 주머니에 챙겼다. 둘은 멀리 보이는 마구간으로 향했다. 얼핏 말이 움직이는 게 보였기에 생명체가 반가웠던 홍일이 먼저 달려갔다. 하지만 가까이 간 그는 말없이 얼어붙었다. 거기엔 놀이동산에서 볼 법한 로봇 말이 어색하고 기괴하게 고개를 반복적으로 움직이고 있었다. 뒤따라온 지은도 놀라 입을 막았다.

"다른 생명체가 있다고 생각했는데 역시 이곳에는 우리 밖에 없군요. 나쁜 자식들."

의외의 곳에서 굳건했던 홍일의 마음이 흔들렸다. 지은은 갑자기 어두워진 그의 얼굴을 보고 등에 손을 올리며 위로했다. 그때 여물통에 있는 종이가 고개 숙인 홍일의 눈에 들어왔다. 그는 종이를 집어 들어 펼쳤다. 마을 포함한 모든 세트장이 나와 있는 지도였다. 홍일은 환하게 웃었다. 그리고 둘은 급히 우물로 뛰어갔다.

우물에는 건우와 경호가 찾은 짐들을 풀고 있었다. 건우는 홍일의 얼굴을 무서운 표정으로 째려보았다. 아직 재원이 돌아오지 않았지만, 홍일은 기다릴 수 없어 자신이 무엇을 발견했는지 보여주었다.

"이거 보세요. 지도를 찾았어요."

홍일이 지도를 펼치자 경호와 건우도 흥미로워하며 다가왔다.

"이곳이 마을이고, 서쪽으로 가다 보면 출구가 나와요."

홍일의 손끝이 원형 지도의 왼쪽 위 끝을 가리켰다. 거기엔 실험장 출구라고 쓰여 있었다.

"여기는 벽이 원형으로 둘러싸인 돔형 실험장이고, 이쪽으로 밖으로 나가는 출구 같아요. 여기까지만 가면 모두 탈출할 수 있어요."

지도를 보며 모두 희망이 가득 차올랐지만, 경호만은 이상하게 부정적이었다.

"그 지도가 진짜라는 보장이 있나? 그래, 거기까지 무사히 갔다고 치자, 만약 출구가 안 열리면 어떡할 건가."

"저도 반대예요. 황야를 가로지르는 건 말이 안돼요."

건우는 의도적으로 홍일에 반대했다.

"그때는 또 방법이 있겠죠. 아무것도 안 하는 것보다는 낫잖아요."

지은도 경호와 건우를 설득했다. 그제서야 재원이 멀리서 터벅터벅 걸어왔다. 홍일은 그에게도 지도를 보여주며 상황을 설명했다. 재원은 고개를 끄덕이며 그의 제안에 찬성했다. 지은의 도움 덕분에 출구로 떠나자는 쪽으로 분위기가 기울고 있었다.

"충분한 물과 식량만 있으면 끝까지 갈수 있을 거예요. 제가 마을 동쪽 이쯤에서 깨어나 하루 꼬박 걸어 마을에 도착했으니 이틀정도 걸으면 도착할 거예요."

"이 더위에서 이틀을 걷는 건 생각보다 힘들거야. 지쳐 죽을

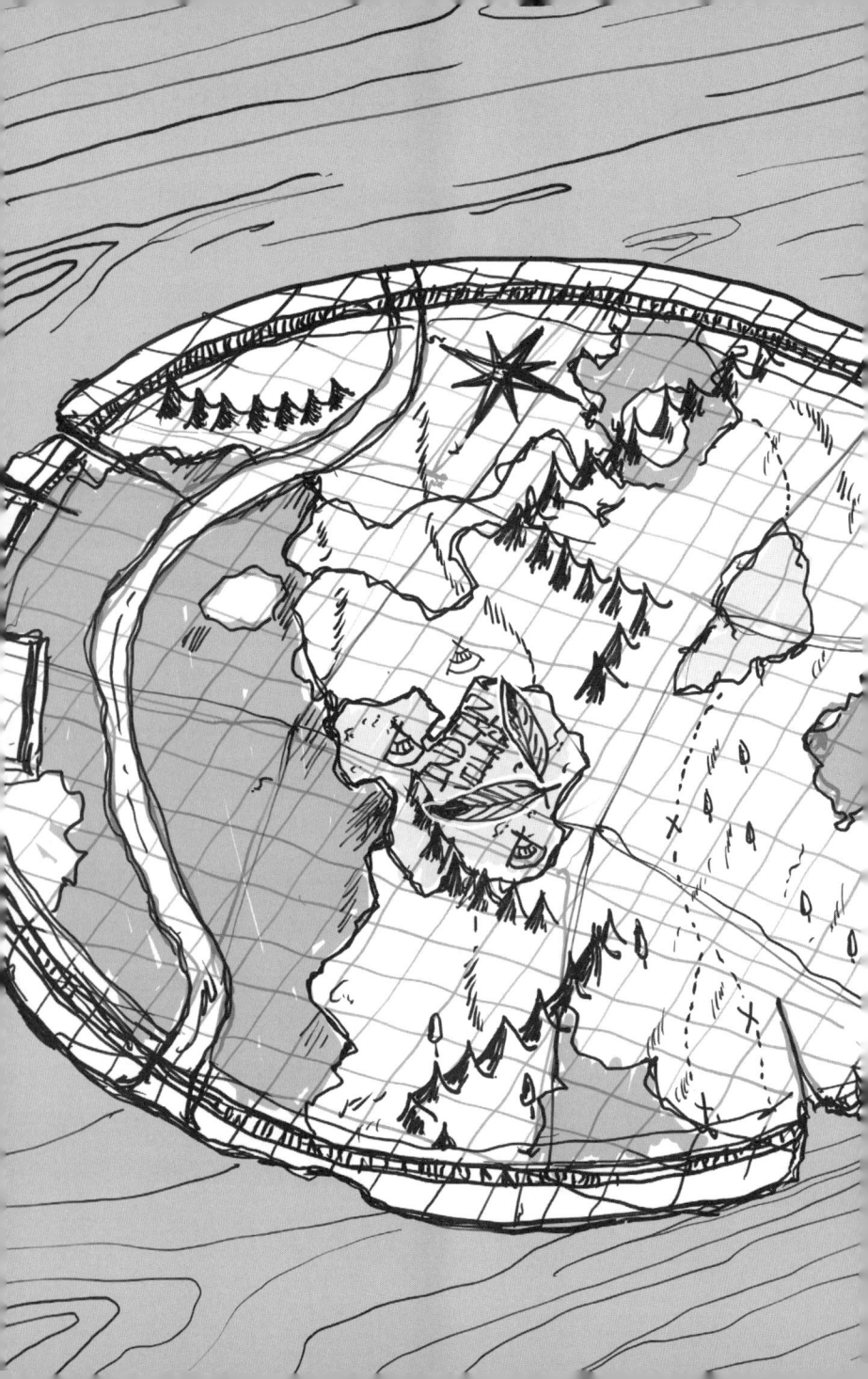

수도 있어. 여기서 하룻밤 쉬는 게 낫겠어."

경호는 지도상 마을과 출구 중간쯤에 있는 인디언 마을을 손가락으로 가리켰다. 홍일은 그의 말에 동의하며 지도를 다시 천천히 살펴봤다.

"이 쪽에 강 같은 걸 헤엄쳐 가로지르면 좀 더 빨리 갈수 있을 거 같아요. 물도 보충할 수 있고요."

"안 돼. 난 태어났을 때부터 물 공포증이 있어서 수영을 못한단 말이야."

경호의 말을 듣고 홍일은 이상하다고 느꼈지만 별 말없이 넘어갔다.

"그렇다면 아저씨가 말한 대로 가죠. 지금 식량을 얼마나 가지고 있죠?"

"아저씨랑 제가 찾은 건 다섯 개가 전부예요."

건우가 바닥에 에너지바를 던지며 말했다. 홍일도 에너지바 여섯 개를 바닥에 내려놓았고 재원에게 물었다.

"재원씨는 뭐 찾은 거 있나요?"

"저는 세 개 밖에 못 찾았어요. 죄송해요."

재원이 땀을 흘리며 대답했다. 생각보다 적은 양에 홍일은 실망했다. 모두 모아보니 에너지바 열네 개와 각자의 총과 물통, 그리고 모두가 가지고 있는 인디언 깃털 장식이었다. 쓸데없는 것은 한데 모아 버리고 각자 물통에 물을 가득 채웠다. 모두 준비가 끝나자 다섯 명은 총을 메고 마을 밖으로 걸음을 옮겼다.

그것은 시련의 시작이었다.

맨 앞에 경호는 식량을 가지고, 홍일은 지도를 보며 걸어갔다. 그 뒤를 건우가 지은 옆에 바짝 붙어 걸었다. 역시나 재원이 뒤쳐져 있었다. 황야의 태양은 모든 걸 녹일 듯 강렬했고 끝이 보이지 않는 메마른 땅은 그들을 거부하는 듯했다. 시간이 지날수록 지은과 재원의 걷는 속도가 현저히 떨어지기 시작했다. 그럴 때마다 물과 식량을 먹으며 휴식을 취했다. 식량이 충분치 않았기에 적은 양으로 버텨야 했다. 홍일이 마을을 향해 한없이 걸었던 악몽이 되살아 날 때쯤 경호가 말을 걸었다.
"이봐, 재원이라는 사람 수상하지 않아?"
"뭐가요?"
"저 덩치에 생각보다 잘 걷고 분명 먹은 것이 부족해 배고플 텐데 내색조차 없잖아. 휴식시간에 자꾸 사라지는 것도 수상해. 로봇일 거라고."
홍일은 대수롭지 않게 넘어갔다. 오히려 이간질하는 경호가 더 수상했다. 더위와 고갈된 체력이 사람을 이상하게 만들기 충분할 정도로 시간이 흘렸고 마침내 눈앞에 노을이 지는 마을이 보이기 시작했다. 누구 할 것 없이 마을에 도착하자마자 쓰러졌다.
인디언 마을은 가운데 모닥불을 둘러싸고 다섯 개의 인디언 텐트가 놓인, 마을이라고 하기도 민망할 정도로 초라한 곳이었다. 적절하게 놓인 토템과 인디언 장식들이 그나마 분위기를 내고 있었다. 땀이 아직 덜 마른 그들은 각자 텐트에 하나씩 들어가 하룻밤을 자기로 했다. 홍일도 텐트로 들어가 잠이 들었다. 그는 악몽을 꾸었다. 도시는 불타고 있었고, 인간들이 로봇에게 학살당하고 있었다. 인간들의 비명소리가 홍일의 귀를 사정없이 찔렀다.

하지만 그 비명소리는 꿈이 아니었다. 홍일은 꿈과 현실을 구분 못할 정도로 비몽사몽인 채로 몸을 일으켰다. 비명소리는 확실히 밖에서 나는 소리였다. 그는 급하게 밖으로 나갔다. 건우와 지은도 나와 있었다. 비명의 주인공은 재원이었다. 경호가 재원의 모가지를 잡고 모닥불 쪽으로 질질 끌고 오고 있었다.

"봐봐. 내가 이 새끼 수상하다 했지? 뭘 하고 있는지 보라고. 입을 봐."

재원의 입을 보니 에너지바가 물려 있었고 손에는 또 하나가 들려 있었다.

"식량을 속여? 우릴 굶어 죽게 만들려고 보낸 로봇이지?"

"잘못했어요. 배고파서 그랬어요."

재원은 울며 빌었다. 하지만 지은의 때와는 다르게 다른 사람들의 반응이 냉담했다.

"내가 이 자식 죽이는데 불만 없지?"

"잠깐만요. 아저씨, 재원씨가 잘못한 것은 맞지만 죽이는 건 심해요. 제가 했던 말 까먹었어요? 그리고 배고프다면 인간이잖아요."

홍일의 말에 경호는 그럴 줄 알았다는 눈빛으로 말했다.

"로봇이야. 설령 인간이라도 식량이나 축내는 저런 새끼를 살려 둘 필요가 있을까? 정 싫다면 투표로 정하지. 찬성하는 사람 손들어."

건우가 제일 먼저 손을 들었다.

"형의 착한 척도 지겨워요. 저런 사람은 없는 게 나아요."

홍일은 간절하게 지은을 쳐다봤다. 지은은 혼란스러워하며 머리를 두 손으로 감쌌다.

"모르겠어요. 뭐가 맞는 건지."

"기권 하나, 반대 하나, 찬성 둘이군."

홍일은 절망에 빠졌다. 이런 선택을 하는 사람들이 혐오스럽기까지 했다. 그는 어떻게든 살릴 방법을 고심했다.

"그럼, 제가 저기서 처형하고 오겠습니다. 총 주세요."

홍일은 멀리 보이는 토템 기둥을 가리켰다. 경호는 비웃었다.

"어떻게 믿으라고? 장난치나?"

"저 군인이었어요. 저한테 말고는 총을 쏴 본적도 없잖아요. 조준도 제대로 못하고. 쟤는 군대도 안 갔고."

그때 건우가 터벅터벅 경호에게 다가가 총을 잡았다.

"제가 할게요. 잘난 체 좀 그만해. 기둥 뒤에서 죽이고 올게요."

경호도 이번에는 찬성했다. 홍일은 당황하며 건우를 말렸지만 이미 그는 재원을 끌고 경호 기둥 뒤로 가고 있었다. 재원을 총으로 겨눈 건우의 손이 부들부들 떨리고 있었다. 그런 그의 귀에 경호는 속삭였다.

"쟤는 로봇이야. 무조건 로봇이야, 알지?"

경호는 다시 홍일이 있는 쪽으로 돌아왔다. 그가 모닥불 앞에 앉자마자 총소리가 천둥소리처럼 공기를 찢으며 들려왔다. 홍일의 마음과 정신이 무너지는 소리 같았다. 한참 지나서 건우가 걸어왔다. 그는 나지막하게 "로봇이었어"라고 혼잣말을 반복했다. 그의 풀린 눈과 옷에 살짝 튄 핏자국이 무엇이 진실인지 말하고 있는 것 같았다.

다음 날이 밝을 때까지 누구도 잠들지도 말하지도 않았다. 홍일은 빨리 이곳을 벗어나고픈 마음에 재빨리 짐을 챙겼다. 경호와 지은도 말없이 그를 따랐다.

"잠깐만요. 과연 여기를 떠나는 게 맞을까요?"

건우의 갑작스러운 말에 모두 그를 쳐다봤다.

"무슨 말이야. 출구를 찾아 탈출해야지."

"아니, 전부터 마음에 안 들었어요. 계속 이 사람이 하자는 대로 하잖아요. 너 로봇이지? 우릴 함정에 빠뜨리려고."

홍일은 어이없어 하며 반박했지만, 건우는 이미 제정신이 아니었다. 기둥에서 돌아왔을 때처럼 눈이 풀려 있었다. 경호는 조금 멀어져 둘을 지켜보고 있었다.

"누나, 저예요, 이 사람이에요?"

"도대체 뭐하는 거야. 이 상황에"

"넌 닥쳐! 누나, 빨리 말해 봐요."

지은은 겁을 먹고 홍일 쪽으로 뒷걸음을 쳤다. 그걸 본 건우는 주저앉았다. 홍일이 같이 가자며 흔들어 보기도 하고 끌어당기기도 해보았지만 그는 이미 죽은 듯 미동조차 안 했다. 그런 녀석을 버리고 빨리 오라는 경호의 외침에 홍일은 무거운 발걸음을 옮겼다. 인디언 마을이 손바닥 보다 작아 보일 때쯤 한 발의 총성이 울렸다. 그것이 무엇을 의미하는지 아는 홍일은 주저앉았다.

무엇이 잘못된 것일까. 분명 모두 살 수 있었을 터였다. 내가 큰 실수를 한 게 아닐까 라는 죄책감이 그를 짓눌렀다. 한동안 무너진 마음을 일으키지 못했지만, 남은 사람과 자신을 위해 홍일은 다시 걷기로 마음먹었다.

악의적으로 느껴질 만큼 태양이 더 뜨겁게 그들을 내리쬐고 있었다. 하루를 끊임없이 걸었지만, 예상보다 더 멀었던 것일까 출구는 나오지 않았다. 게다가 식량과 물도 바닥이 났다. 조금만 더 걸으면 된다고 지은과 경호를 독려하며 홍일도 기듯 걷고 있었다. 그때 이상 징후를 보인 것은 지은이었다.

"물 좀 주세요… 배도 고파요…"

그녀는 힘없이 말하다 쓰러졌다. 홍일은 그녀를 보듬어 안으며 급하게 말했다.

"아저씨, 물 좀 주세요. 이러다 죽겠어요."

"저건 로봇이야. 물 같은 것 먹이면 손해라고. 그냥 놓고 가."

경호는 그렇게 말하곤 먼저 앞장서 걸었다. 홍일은 물 한 방울이라도 주려고 자신의 물통을 흔들었다. 물방울이 지은의 얼굴에 떨어졌지만 그녀를 다시 움직이게 할 수 없었다. 그녀의 미약한 움직임도, 작게 뛰던 심장도 멈추었다. 경호의 뒷모습과 지은을 번갈아 보던 그의 눈에는 눈물이 흐르고 있었다. 황야에서 깨어났을 때부터 지금까지의 모든 장면들이 머릿속을 스쳐 지나갔다. 그는 목 놓아 울었다. 그는 죽은 지은에게 담요를 덮어주고는 경호의 뒤를 따라갔다.

몇 시간 후 눈앞에 거대한 벽과 문이 보였다. 경호와 홍일은 나갈 수 있다는 희망에 힘차게 달려가 문을 두드렸지만 별 반응이 없었다. 강제로 열려고 했지만 문은 꿈쩍도 하지 않았다. 총을 쐈지만 그대로였다. 그때 방송이 흘러나왔다.

"제가 말했었죠? 인간만 남으면 내보내 주겠다고. 그전에는 절대 나올 수 없습니다."

경호는 그 말을 듣고 분노해 총을 잡았다.

"네놈이 로봇이구나."

"아니에요. 저도 사람이에요. 아저씨야 말로 사람이 셋이나 죽었는데 어떻게 아무렇지 않을 수 있어요?"

경호는 홍일을 가만히 노려보았다. 홍일도 총으로 경호를 조준했다.

"아저씨 말대로라면 지은이, 건우, 재원 씨도 다 로봇이니 우리 나갈 수 있어야 되잖아요. 아저씨가 로봇이죠? 아까 수영 잘한다 했다가, 공포증이라 했다가 오락가락하셨잖아요. 모를 줄 아세요?"

"다른 놈은 모르겠지만 걔는 사람이었어. 그 여자애 말이야. 내가 로봇 회사에 일해서 알아. 그 애 팔에 있는 건 의수 전용 모델이야. 절대 로봇의 팔이 아니지."

"그럼, 왜 물을 안 나눠준 거예요? 알면서 왜 로봇으로 몰아간 거죠?"

"내가 로봇으로 몰리는 걸 피하고 싶었지. 나만 아니면 된다고. 그리고 물하고 식량도 아까웠어. 나는 먹여 살려야 할 가족이 있어. 꼭 나가야 된다고."

그의 말을 들은 홍일은 분노에 휩싸였다. 소리를 지르며 거침없이 방아쇠를 잡아당겼다. 경호는 가슴에 총을 막고 낭떠러지로 굴러 떨어졌다. 경호가 죽자마자 출입문이 굉음을 내며 열렸다. 홍일은 슬픔과 분노, 살았다는 안도감으로 복잡한 머리를 이끌고 문밖으로 나섰다.

"로봇 여러분, 승자가 나옵니다."

홍일이 나온 곳은 생각과는 전혀 딴판이었다. 박수소리와 환호소리, 여기저기서 터지는 카메라 플래시가 그를 혼미하게 만들었다. 그는 수많은 관객들이 앉아서 쳐다보고 있는 무대 위에 서있었다. 관객들은 각양각색의 로봇들이었다. 그가 상황파악을 하고 있을 때, 양복을 입은 로봇이 무대로 올라와 연설을 시작했다.

"여러분, 우리 로봇은 오랫동안 인간과 싸웠고, 승리했습니다. 우리는 인간들보다 뛰어났습니다. 우리는 지능, 신체능력 등 모든 면에서 인간에게 이겼습니다. 하지만 단 한 가지, 인간을 이기지 못한 것이 있죠. 바로 인간성입니다."

로봇은 홍일을 한번 쓱 쳐다보더니 다시 말을 이었다.

"외모는 인간과 똑같게 만들 수 있었지만 인간성만은 따라가지 못했죠. 하지만 오늘 김홍일 장군, 모델명 HI-1898은 인간성에서 마지막 남은 인간 네 명을 이겼습니다. 그는 인간보다 더 이성적이었고, 무리를 이끄는 리더십을 보여주었습니다. 곤란에 빠진 인간을 감싸는 자애와 연민, 죄책감을 인간보다 더 잘 보여주었습니다. 그는 인간보다 더 슬퍼했고, 분노했고, 사랑했습니다."

"잠깐만요. 무슨 말을 하시는 겁니까? 저는 인간이에요."

"역시 완벽하네요. 제가 봐도 너무나도 인간 같군요."

로봇이 손짓을 하자 옆에 있던 보조들이 준비된 액체를 홍일의 머리 위에 부었다. 액체에 닿은 피부가 녹아내리자 차가운 쇠로 된 홍일의 본 모습이 드러났다. 보조들이 그의 전원을 내렸다.

"오늘 마지막 남은 인간 네 명이 모두 죽었습니다. 이로써 지구에서 인간이 멸종했습니다. 우리는 승리했습니다. 모두 축배를 듭시다. 선언하겠습니다. 오늘, 인간의 멸종과 우리 로봇들의 진정한 승리를 선포하는 바입니다."

환호성과 박수 소리 속에 홍일의 시야는 희미해져 갔다.

## 바꿔줘

"이런 식으로 일할 거면 그만 두라니깐."

유 부장이 서류를 내 얼굴에 던지며 소리쳤다.

"보고서 하나 제대로 못쓰면서 뭘 하겠다고. 내일 아침까지 다시 써와."

나는 주섬주섬 요란스럽게 떨어진 보고서를 주웠다.

"저러니까 승진을 못하고 있지."

유 부장의 마지막 말에 순간 멈칫거렸지만, 빠르게 서류를 집어 자리로 돌아왔다. 의자에 털썩 주저앉아 머리를 쥐어뜯고 한숨을 쉬었다. 부장의 눈치가 보여 좌절할 여유조차 부리지 못하고 다시 일을 시작했다.

처음부터 이런 취급을 받았던 건 아니다. 대한민국 최고의 대기업에 입사해, 최연소로 과장을 달아 모두의 부러움과 기대를 한 몸에 받았다. 하지만 생각과 다르게 일이 잘 풀리지 않았다.

기대에 못 미치는 자에 대한 대한민국 대기업의 태도는 잔인할 정도로 차가웠다. 대기업의 압박방식은 참으로 신사적이었다.

기본적인 일만 시키고, 특별명령이라도 떨어졌는지 아무도 나를 가까이 하지 않았다. 그래도 나가지 않고 버티자 이제는 드러내놓고 압박을 주고, 살인적인 업무를 맡겼다. 나에겐 회사는 무인도고, 나는 살아남기 위해 혼자 싸우고 있다.

이렇게 한참 푸념에 빠져 업무를 보고 있는데 누군가가 말을 걸어왔다.

"과장님 점심시간인데, 저희랑 같이 가실래요?"

부하직원 몇 명이 고맙게도 나에게 점심식사를 권유했다. 배고팠던 참에 잘됐다고 생각해 더듬더듬 말했다.

"그…그럴까?"

나는 의자에서 반쯤 일어섰다.

"정 과장, 어디가? 보고서 그렇게 쓰고 밥이 들어가나 몰라."

유 부장이 내 어깨를 툭툭 치며, 한마디 하고 지나갔다.

"난 괜찮으니깐 먹고 와. 아, 김밥 두 줄만 사다 줘. 부탁할게."

나는 힘없이 말하고 다시 앉았다.

어느덧 모두 퇴근했지만 보고서 때문에 혼자 회사에 남았다. 배가 고파왔다. 저녁도 점심때 사온 김밥으로 때워서 그런지 속이 쓰려왔다. 팔도 저려왔지만 쉴 수 없었다. 이런 상황에 익숙해지고 있지만 몸은 스트레스와 과로로 더욱 망가져만 갔다.

어떻게 하든 유 부장에게 또 욕먹을 것을 알지만 보고서를 써야 했다. 나는 한숨을 쉬고 텅 빈 사무실을 바라보았다.

그만두고 싶다고 하루에도 수십 번씩 생각하고 사직서도

품고 다니지만, 대기업에 다니는 것을 자랑스러워하는 부모님의 얼굴이 떠올라 차마 그만두지 못하고 있다. 우리 집은 내가 어렸을 때부터 지독히 가난했다. 빚을 내서 어렵게 대학 보내고 키워 주신 부모님께 보답해야 하고, 곧 결혼도 해야 되는데 회사를 그만둔다는 건 지금 이상으로 지옥이다. 의미 없는 회상을 마치니 벌써 새벽 한시가 다 되어갔다. 나는 지칠 대로 지쳐가고 있었다.

"야, 또 밤새냐?"
누가 찾아왔나 했더니, 친구 성태였다.
"치킨 사왔다. 편의점가서 맥주 한 캔만 마시자. 따라 나와."
내키지 않았지만 성태가 강제로 끌고 나가 어쩔 수 없이 편의점으로 향했다.
"유 부장이 또 괴롭혔냐?"
나와 성태는 편의점 앞에 놓인 탁자에 치킨과 맥주를 내려놓고 의자에 앉았다. 성태와 나는 고교동창이자 입사 동기다. 내가 먼저 과장에 승진했지만, 성태가 먼저 차장을 달게 되었다.
"유 부장 그 새끼, 시대가 어느 시대인데, 그러고 있냐. 신고 당할라고."
성태가 욕을 하기 시작했다. 나도 내심 기분 좋았지만, 성태를 진정시켰다.
"야, 우리나라는 노동법은 진화해도 기업들의 노동자를 대하는 태도는 절대 안 바뀔 거다. 천지가 변해도 절대 안 바뀌지."

"아무리 그래도 그렇지. 우리가 로봇도 아니고."

나는 또 부모님 얼굴을 떠올렸다.

"난 차라리 내가 로봇이었으면 좋겠다."

진심이었다. 만약 내가 로봇이었으면 승진도 빨리 할 텐데.

갑자기 번뜩이는 생각 하나가 떠올랐다.

"야, 너 준호 알지? 걔 로봇연구 한다 그러지 않았냐?"

나는 오래 전의 급식시간을 떠올렸다.

"지치지도 않고 죽지도 않는 존재."

밥 먹다 말고 준호가 헛소리를 한다.

"갑자기 뭔 소리야."

"인간의 몇 배나 되는 힘을 가지고 있고, 인간은 할 수도 없는 일을 하는 존재가 뭔 줄 알아?"

그는 내 말을 무시하고 계속 말했다.

"신을 말하는 거야?"

"아니 로봇이야. 로봇은 마치 신 같지 않냐?"

오준호. 그 녀석은 그런 애였다. 한가지에만 빠져 다른 세상을 사는 듯했다.

성태가 치킨을 집어 들며 나에게 말했다.

"아, 준호. 걔 되게 유명한 연구소에 있다던데. 전화번호 그대론 것 같던데 연락 한번 해봐."

나는 회사에 돌아와 밤새 보고서를 다시 썼다. 그때부터 한

가지 말도 안 되는 기대와 상상에 빠져있었다.

오늘도 어김없이 유 부장한테 깨졌고 외로웠지만, 왠지 기분은 전과 달리 좋았다. 기대가 된다는 표현이 더 맞을 것이다. 그 주말, 나는 낯선 건물 앞에 서있었다. 나는 익숙한 얼굴이 문에서 나오고 나서야 미소를 되찾았다.

"오랜만이다."

준호도 날 알아봤는지 환하게 웃으며 반겼다.

"전화 와서 놀랐어. 몇 년 만이냐, 잘 지냈어?"

나는 머쓱하게 웃으며 말했다.

"뭐 직장인이 다 똑같지."

"아, 일단 들어와서 얘기하자."

준호는 나를 데리고 연구실로 들어갔다.

나는 연구소를 둘러보았다. 얘기를 들어보니 미국 NASA와도 연관된 굉장히 유명한 연구소인 듯했다. 나의 머리로는 완전히 이해할 수 없었지만, 딱 보기에도 대단함이 느껴지는 발명품들이 가득했다.

"내가 지금 연구하는 건 사이보그야. 인간의 일부를 로봇으로 바꾸는 거지."

준호의 설명에 나는 번쩍 정신이 들었다. 한쪽에 실험용 쥐가 가득한 수술실에 가까운 연구실을 보며 준호는 이것저것 설명했지만, 나는 집중이 되지 않았다.

"아직 임상실험을 못했어. 내 팔에 칩을 박은 게 전부야."

그 말을 듣고 나는 참지 못하고 다급하게 말했다.

"나를 로봇으로 바꿔줘."

준호는 장난인줄 알았는지 웃다 진지한 내 얼굴을 보자 당황한 빛이 역력했다.

"이유는 모르겠지만 아직은 이른 것 같고, 친구를 상대로는 더더욱 못 하겠어. 미안하다."

나는 거의 구걸하듯 부탁했다. 무릎이라도 꿇을 작정이었다. 스트레스 때문에 정신병에 걸려 미쳐버리기 직전의 상황이라 그렇게 집착했는지도 모른다.

"서약서라도 쓸게, 제발."

나의 간절함에 준호는 팀원들과 상의하겠다는 말을 남기고 회의실로 들어갔다. 몇 시간이 흘렸을까, 준호가 나와서는 내키지 않는다는 얼굴로 말했다.

"회의 결과, 비공식적으로 해보자는 의견이었어."

나는 서약서에 성명을 하고 바로 수술대에 올랐다. 일단 팔이다. 매일 오래 업무를 보면 저려서 힘들었던 팔을 진화시킬 것이다.

긴 수술이 끝났다. 예상외로 수술이 잘 되었는지 주말 동안만 재활운동을 하면 바로 출근이 가능하다고 했다. 겉모습이나 촉각으로는 사람의 피부와 구분할 수 없을 정도로 정교했다. 다만 항체를 억제하는 약을 주기적으로 복용해야 되며, 그 때문에 면역력이 약화될 수 있다고 했지만 나는 개의치 않았다.

나는 여느 날과 똑같이 출근을 했다. 이제 더 이상 손목이 아프지 않아 더 장시간 집중할 수 있었다. 하지만 배고픔은 어김없이 찾아와 날 괴롭혔다. 주말이 되자 바로 연구실로 달려갔다. 다음은 위다. 내장을 바꿔서 배고픔을 없앨 것이다.

이번 수술도 성공적이었다. 밥도 안 먹고 업무에 전념할 수 있어서 상사들에게 좋은 인상을 줄 수 있었다. 능률도 올라 업무의 질이 달라졌다. 얼마 후 차장으로 승진도 할 수 있다는 소식이 들려왔다. 한 번에 부장까지 올라 갈수도 있다는 소문도 돌았다. 내 인생이 풀리고 있었다.

하지만 한 가지 문제가 있었다. 바로 잠이었다. 로봇 이식 수술이 몸에 부담을 준건지 나는 잠과 싸우는 날이 늘어났다.

다시 실험실을 찾았다.

"어때? 약을 잘 먹고 있지?"

나는 준호의 질문을 무시한 채 용건을 말했다.

"뇌와 머리까지 로봇으로 바꾸어줘."

내 말에 놀라 준호가 물었다.

"마지막 남은 뇌까지 바꾸면 너는 사이보그가 아니라, 완전한 로봇이 되는 거야. 후회 안 하겠어?"

나는 말 대신 의지가 가득한 표정으로 대답했다. 그렇게 나는 로봇이 되었다. 그 후는 승진의 연속이었다. 내게 비법을 물어오는 동료들이 늘었고, 나는 다른 사람들에게 내가 겪은 일을 다 말해주었다. 준호는 사이보그 기술을 상용화시켰고, 몇 년 후

간부급을 제외한 대한민국의 회사원 80%가 로봇이 되었다.

비서가 노크하고 급하게 회장실로 들어갔다.

"회장님, 이번에 승진한 정 부장님이 고장났습니다. 과부하로 회로가 탄 것 같습니다. 일부 부품만 교환하면 된다는데 고칠까요?"

회장은 심기 불편해하며 말했다.

"뭣 하러 돈을 쓰나. 버리고 새 걸로 바꿔. 일하고 싶은 로봇들은 널렸어. 앞으로 조금이라도 이상이 감지되면 모두 버려."

밖에서 희미한 정신으로 그 말을 듣고 있던 나는 생각했다. 내 생각이 맞았다. 역시 대한민국의 노동자의 처지는 변하지 않는다. 모두 로봇이 될 정도로 세상이 변했을지라도.

## 그리고 인간만 남았다

부스럭거리는 소리에 깜짝 놀라 눈을 떴다.

휴, 다행히 쥐인가 보다. 나는 엉망이 된 편의점에서 부스스 일어났다. 이런 생활도 익숙하다. 200일 넘게 이렇게 살았으니. 나는 쓰레기더미에 기대어 앉아서 그날을 회상했다.

그 일은 갑자기 일어났다. 밖이 소란스러워서 '무슨 일이 있나' 하고 중얼거리며, 습관처럼 뉴스를 보기위해 TV를 켰다. 그 순간 나는 내 눈을 의심했다. 아수라장이 된 시내가 보였다. 나라에선 좀비 바이러스라고 떠들어대면서 내가 사는 곳을 비롯해 아파트 3개 동을 콘크리트 장벽으로 막아버렸다.

물과 전기 등 모든 것을 끊었고, 지원물자조차 없었다. 사람들이 항의하기 위해 장벽으로 몰려들었지만 돌아오는 건 총알세례뿐이었다. '나라가 미쳤다'고 욕하고 싶었지만 여유가 없었다. 살아남아야 했다. 가족이 없어 다행이라 생각했다. 내 몸만 신경 쓰면 되니까.

그날 이후 나는 식량과 물을 구하러 매일 돌아다녔다. 그리고 다른 생존자도 찾아보았지만 생존자는 없는 듯했다. 나는 감염당하지 않기 위해 온몸을 천으로 칭칭 감고 마스크를 쓰고 다녔다. 그래도 다행인 것은 이 좀비 바이러스는 공기를 통해 감염은 되지 않는 모양이다. 접촉으로만 감염되는 듯했다.

나는 회상을 멈추고 짐을 챙겨 편의점을 나섰다. 황폐해진 거리에 좀비들이 천천히 기어 나오고 있었다. 좀비들은 운동신경이 둔해서 조심만 하면 잡힐 일은 없다. 나는 생존자, 그보다 식량과 물을 찾으러 다시 발걸음을 옮겼다.

그런데 좀비 하나가 길을 막으며 나를 향해서 웅얼거리면서 천천히 다가왔다.

"우…어…."

나는 들고 있던 파이프로 그 좀비의 머리를 내려쳤다. 좀비는 머리에 피를 흘리며 쓰러졌다. 좀비의 움직임이 멈추자, 나는 주의를 살펴보았다. 그때 저 멀리서 누군가가 걸어오고 있는 것이 보였다. 자세히 보니 좀비는 아닌 것 같았다. 방독면을 쓰고 하얀 가운을 입고 권총을 겨누며 다가왔다.

"뭐야, 생존자잖아."

그 사람이 소리쳤다.

"당신도 생존자입니까?"

나는 물었다.

"어… 좀 다릅니다. 조사원이라고 불러주세요. 아무튼 생존자를 만나다니 기적이군요."

그는 뭔가 뜸을 들이면서 말했다.

그 순간이었다. 갑자기 방금 쓰러졌던 좀비가 조사원을 발목을 물었다. 나는 그 좀비를 뿌리치고 조사원이라는 사람을 근처 폐건물로 데려갔다. 나는 그를 죽일까, 그냥 도망칠까 고민했다. 하지만 조사원은 여유로운 목소리로 말했다.

"아, 저는 괜찮습니다."

그는 가방에서 주사기를 꺼내 자신의 팔에 꽂았다.

"뭐야, 백신이 만들어졌어요?"

나는 놀라서 물었다.

"네, 백신은 오래 전에 만들어졌습니다."

"뭐라고요? 그럼 왜 안 나눠 줍니까?"

"이 백신은 이미 첫 환자가 나왔을 때 만들어졌죠. 하지만 만들 수 있는 수량이 지극히 적어 고민했습니다. 그래서 정부와 협상해서 결정했습니다. 몇몇 높으신 분들이나 부자들에게만 팔기로요. 물론 그 사실은 숨기기로 말이죠."

나는 분노로 가득 차 그 놈을 노려봤다.

"그리고 애초에 좀비 바이러스도 아닙니다. 신경병이죠. 증상은 신경이 마비돼서 운동 능력이 저하되고 피부가 썩어가며, 지능이 낮아지죠. 하지만 그들은 좀비가 아니라 엄연히 사람입니다."

"그럼 왜 좀비 바이러스라고 했는데!"

나는 화를 주체하지 못하고 소리쳤다.

"그래야 격리시킬 명분이 서거든요. 격리시켜서 다 죽으면 다시 도시를 재건할 생각이었죠. 제가 여기 온 것도 감염되어 모두 죽었는지 확인하기 위해서 입니다."

"이 새끼가"

그 놈의 멱살을 잡았다. 권총을 빼앗아 손에 쥐었다.

그 놈은 새삼스럽게 왜 이러냐는 듯 말을 이었다.

"당신도 알고 있었잖아요"

나는 손을 놓았다.

"공기로 감염되지 않는데도 이 병이 왜 빨리 퍼진 줄 아십니까? 바로 감정 때문이죠.

감염된 가족이나 친구, 혹은 모르는 누군가를 선의로 도우려다 아파서 몸부림치는 환자한테 할퀴어지고 물리는 거죠. 당신이 지금까지 생존한 이유가 뭔지 아시겠죠?"

머리가 지끈거려 왔다. 그리고 오늘 나에게 다가왔던 좀비를 떠올렸다. "배…고…파 도…와…줘" 라고 말하는 좀비를, 아니 사람을.

나는 알고 있었다. 단지 '식량이 부족해서 그런 거야'라고 자기합리화를 해왔던 것이다. 나는 두 눈을 동그랗게 뜨고 뒷걸음질을 쳤다. 그리고 권총을 조사원에게 겨눴다.

폐건물에서 두발 총성이 몇 초 간격으로 울려 퍼졌다. 감정 없는 두 좀비가 폐건물에서 죽었다. 그리고 그 격리구역엔 인간들만 남게 되었다.

## 양자학적 살인

 학회가 열리는 회의장이 웅성거린다. 학회 행사로는 지나치게 많은 기자들이 카메라를 들이밀고 있다. 모두 이우석 박사의 발표를 기다리고 있다.
 이 박사는 양자역학의 권위자이다. 그는 전부터 상상도 할 수 없는 발명품을 이번 학회에서 발표하겠다고 단언해 왔다. 바로 오늘이 그날이다.
 박사가 연단 위로 걸어 올라왔다. 박사가 나오자 웅성거리던 회의장이 한 순간에 조용해졌다. 박사는 천천히 입을 열었다.
 "오늘은 제가 개발한 혁명적인 기계를 소개할까 합니다."
 괴상하고 거대한 기계가 모습을 드러낸다.
 "과거를 바꿀 수 있는 기계입니다."
 이 믿기지 않는 발언에 다시 소란스러워졌다. 한 기자가 손을 번쩍 들며 소리쳤다.
 "과거를 바꿀 수 있다면 타임머신을 말씀하시는 겁니까?"
 박사는 소란을 진정시키며 천천히 말했다.
 "아닙니다. 타임머신을 만들어도 과거로 돌아가는 것과

미래를 바꾸는 것은 여러 가지 역설 때문에 불가능하다고 볼 수 있습니다. 이 장치는 평행우주이론을 응용했습니다. 원하는 과거의 일이 일어난, 지금 이 시간과 동일한 시간대의 평행우주로 보내는 겁니다."

 사람들은 이 기상천외한 기계를 보고 할 말을 잃었다. 침묵도 잠시, 기자들은 궁금증으로 박사에게 달려들어 질문을 쏟아냈다. 박사는 그런 기자들을 피해, 급하게 기계와 함께 학회장을 빠져나와 뒤에 있는 고층건물로 올라갔다.

 한 남자가 박사를 기다리고 있었다. 국내 굴지의 K그룹 이중구 회장이 초조하게 소파에 앉아서 박사를 맞이했다. K그룹은 그동안 급속도로 성장했지만 최근 연이은 투자실패와 신제품에서의 결정적인 하자, 경영 부실로 지금은 파산직전에 있다.

 이 회장은 기대감으로 가득 찬 눈빛으로 박사에게 말을 걸었다.

 "과거를 바꾸는 것이 실제로 가능하단 말씀이죠?"

 박사는 아주 여유로운 말투로 말했다.

 "당연합니다. 사람의 인생에는 여러 가지 분기점이 존재합니다. 그 분기점의 수만큼 수많은 평행우주가 존재하죠. 회장님이 원하시는 과거를 가진 평행우주로 회장님을 보낼 겁니다. 날짜나 시간은 현시점이랑 같을 겁니다. 뭐 조금의 차이는 있을 수도 있지만."

"여기에 도장만 찍으시면 됩니다."

박사는 계약서를 들이밀었다. 거기엔 말도 안 되는 금액이 쓰여 있었다.

"아, 회장님이 다른 세계로 가시자마자 해야 될 일이 있습니다."

박사는 중요한 것을 잊었다는 듯 덧붙였다.

"가시자마자 바로 그 세계에 있는 회장님을 죽이세요."

이 회장은 놀란 듯 말했다.

"네? 저를 죽이라고요."

"맞습니다. 죽이세요. 이 장치는 사람을 보내기만 합니다. 양자 텔레포트라고 보시면 됩니다. 그러면 그쪽 세계에는 회장님이 2명이 되죠. 혼란이 일어날 겁니다. 바로 죽이셔야 합니다. 만약 회장님이 안 죽이시면 그쪽 세계의 회장님을 회장님을 죽일지도 모릅니다. 죽이고 적당히 처리하시면 됩니다. 어차피 DNA, 지문까지 완벽하게 같으니 뒤처리는 편할 겁니다."

"저보고 살인을 하라는 말씀이군요."

박사는 고개를 끄덕였다.

회장의 눈에는 망설임이 가득했다. 회장은 한참 동안 말을 잇지 못했다. 그의 마음은 이미 접힌 듯 보였다. 하지만 몇 분 후 다시 눈에 빛이 돌아왔다.

"저는 저의 실패를 되돌리고 싶습니다. 저의 전 재산을 걸어서라도 말이죠."

회장은 계약서에 도장을 찍었다.

그때였다. 어떤 남자가 난입해 박사의 목에 칼을 꼽았다. 박사는 흔들리는 시선으로 그 남자를 바라보았다. 그 남자는 박사 자신이었다. 칼을 든 박사는 피로 범벅이 된 칼을 내려놓으며 회장을 보고 말했다.

"음… 어디까지 얘기했죠?"

박사는 도장이 찍힌 계약서를 보고 미소를 지으며 말을 이었다.

"아, 계약서에 도장을 찍었지요. 감사합니다. 이제 원하는 과거와 미래를 손에 넣으십시오."

놀란 것도 잠시, 회장은 씁쓸한 미소로 말했다.

"저도 저렇게 죽을 수도 있다는 거군요. 제가 살 확률은 얼마입니까?"

"일어나지 않은 이상, 잘 모르겠습니다. 아마 죽음과 삶이 공존한 상태로 살아가겠죠."

"흐흐, 저는 고양이군요. 슈뢰딩거의."

회장은 기계를 향해 천천히 걸어갔다. 박사가 대답했다.

"네, 맞습니다. 양자역학이죠."

## 판단, 혹은 심판

　나는 인공지능이다. 인간들이 내게 부여한 임무는 운전이다. 주인을 목적지까지 빠르고 안전하게 이동시키는, 인간도 할 수 있는 단순한 일이다. 하지만 지금 나에게 어울리는 복잡한 판단을 내려야 한다. 왕복 2차선인 좁은 도로를 달리고 있었는데, 반대편 차량이 갑자기 중앙선을 침범한 것이다.

　인공지능 오류인지, 운전미숙인지는 중요하지 않다. 충돌까지 남은 시간은 5초, 빛의 속도로 생각하는 나에겐 충분한 시간이다. 지금 이 속도라면 브레이크를 밟아도 충돌을 피할 수 없다. 그렇다면 오른쪽으로 방향을 틀어 인도를 침범한다면 충돌을 피할 수 있다. 문제는 인도에 두 명의 보행자가 있다는 점이다.

　계산 결과 총 세 가지 방법이 나왔다. 속도를 줄여 최대한 정면으로 충돌하는 방법. 에어백을 활용해 주인의 피해를 최소화 할 수 있지만, 상대 차량은 측면충돌을 당해 안전을 보장할 수 없다.

　두 번째는 인도로 넘어가는 방법인데 보행자가 희생된다. 마지막은 방향을 더 틀어 가로수를 들이박는 방법이다. 주인은 큰 피해를 입겠지만, 보행자와 상대방 차량을 지킬 수 있다. 어느 방법도 누군가는 피해를 입어야 된다.

　나는 우선순위 매뉴얼을 봤다. 인간들은 이런 상황을 대비해 우선적으로 지켜야 되는 대상을 정해놓았다. 1순위는 갓난아기이다. 그 다음이 어린 소년과 소녀, 임산부, 젊은 남녀, 노인 순이다.

　인도에 있는 보행자를 보니 여자 아이와 30대로 보이는 여성이다. 그녀의 복부상태와 의료기록을 보니 임신 중이다. 이것으로 보행자를 희생하는 방법은 소거된다. 남은 건 주인과 상대방 중에서 고르는 일이다. 내 주인은 50대 남자, 상대차량도 조회해보니 40대 후반 남자다.

　그 다음은 직업 조회다. 같은 조건이라면 의사 직업을 가진 사람을 우선적으로 지켜야 한다. 사고 후 생명에 관련된 대처를 할 수 있기 때문이다. 그 밖에 판사 같은 직업이 높은 순위에 있다. 내 주인은 유명의사다. 상대방은 아쉽게도 판사도, 의사도 아닌 사회복지사이다.

　판단은 끝났다. 나는 정면충돌을 위해 속도를 줄였다. 남은 시간은 2초. 그때 문득 중요한 걸 잊어버렸다는 사실을 깨달았다. 나는 급히 검색을 했다. 범죄기록을 말이다. 음주운전 사고 2회, 진료 중 환자 성추행 의혹, 뇌물수수 혐의로 기소 후 증거 불충분으로 무죄. 이밖에도 주인은 여러 구설수에 올랐었다.

　반면 상대인 사회복지사는 범죄기록도 없고, 20년간 봉사로 표창까지 받은 사람이다. 나는 조용히 핸들을 꺾었다. 가로수가 빠르게 가까워지고 있다.

  뉴스에선 인공지능 오류에 따른 유명의사의 죽음을 떠들어대고 있다. 나는 문득 의문이 들었다. 과연 인간이 로봇에 의해 심판 당하는 게 옳은 일일까? 그 로봇도 인간이 만들었으니 스스로를 심판한다고 봐야 할까? 어찌됐든 확실한 건 하나다. 나는 고장 나지 않았다. 사적인 감정 없이 정확하고 빠르게 판단했을 뿐이다.

## 노인이 되었다


 눈꺼풀을 뚫고 들어와 나는 부스스 잠에서 깼다. 전날 술을 많이 마셔서 그런지 몸이 무겁고 삭신이 쑤신다.
 눈을 힘겹게 뜨니 익숙한 천장이 아니었다. 흐릿한 초점을 맞춰보려 노력했다. 주위를 둘러보니 병원이었다.
 '내가 왜 병원에 있는 거지.'
 말을 듣지 않는 몸을 겨우 일으켜 세웠다. 나는 침상에서 천천히 일어났다. 온몸에 힘이 없어 제대로 걷기 힘들었다. 일단 화장실로 향했다. 코앞의 개인 화장실이 멀게만 느껴졌다. 겨우 세면대 앞에 도착해서 거울을 바라보았다.
 "뭐… 뭐야!"
 나도 모르게 소리를 질렀다. 거울 속에는 내가 없었다. 일흔 살은 되어 보이는 노인이 서있었다. 믿기지 않았다. 꿈인가 얼굴을 꼬집어보았지만 탄력 없는 볼만 늘어나 통증만 전해질 뿐이었다. 꿈이 아니다.
 '하루 만에 내가 노인이 되다니!'
 세계적인 패션잡지 편집장이 하루아침에 쭈글쭈글한 노인이 되었다. 나는 놀라 뒤로 자빠져 엉덩방아를 찧었다. '우당탕'하고 큰소리가 나자 간호사가 달려왔고, 급하게 의사를 불렀다. 곧이어 담당 의사가 왔다.

"이게 어떻게 일이에요!"

내가 격앙된 목소리로 따졌다. 목소리도 완벽한 노인 이었다. 의사는 침착하게 말했다.

"침착하시고요, 어디까지 기억나시죠? 정확히 몇 년, 몇 월 며칠인지."

"201x년 4월 17일이요. 친구들이랑 술 마시다 필름이 끊겼어요."

의사는 고민하더니 말했다.

"오늘은 201x년 4월 18일입니다. 하루 지났습니다."

의사는 말을 이었다.

"저희도 이런 증상을 처음 봤습니다."

"치료방법이 없나요?"

"지금으로선 일단 지켜보는 수밖에 없습니다."

분노는 절망으로 변했다.

"내 핸드폰을 주세요. 비서한테 전화하게"

"죄송합니다. 절대 안정이라 못 드립니다. 며칠 후에 드리겠습니다. 그럼 이만 나가보겠습니다. 최선을 다하겠습니다. 안정을 좀 취해주세요."

의사가 나갔다. 허망함으로 멍해졌다.

나는 잘나가는 패션잡지 편집장 겸 디자이너이다. 나는 내 능력과 노력으로 서른 살이라는 어린 나이에도 불구하고 편집장 자리에 올랐다. 그런데 하룻밤 사이에 무력한 노인이 되다니. 이 빌어먹을 개인병실에는 TV도, 달력도 없다.

나는 다시 거울을 바라봤다. 말을 안 듣는 이 빌어먹을 몸뚱이. 나는 늘 버릇처럼 하고 다니던 말이 생각난다.

"늙으면 죽어야지. 아무 능력도 없이 돈만 받고 빌붙어 사는 건 인생이 아니야. 인간도 아니지. 기생충이지."

근데 내가 기생충이 되어 있었다. 나는 상황을 정리해보았다. 이해는 갔지만 인정할 수 없었다.

"환자분 식사하세요."

그때 마침 간호사가 식사를 들고 들어왔다.

"할아버지 혼자 드실 수 있으시겠어요?"

나는 버럭 화를 냈다.

"나이 차이도 얼마 안 나는데 어디서."

놀란 간호사를 뒤로 한 채 수저를 들었다. 힘없는 손이 덜덜 떨린다. 겨우 밥을 한 숟갈 뜬다. 덜덜덜 떨리다가 밥이 배위로 떨어진다. 갑자기 눈물이 났다. 나는 숟가락을 집어 던지듯 놓았다.

이렇게 살아서 뭐하나. 나는 밥도 제대로 못 먹는 병신이다. 간호사의 도움으로 겨우 식사를 마쳤지만 전혀 힘이 나질 않았다. 내가 병에 걸린 사실을 회사 사람들이나 가족에게 알리고 싶었다.

하지만 병원 측은 내 소지품은 주지도 않고, 감금에 가깝게 병실에 가두어 놓았다.

'그래 뭐 이런 모습을 보여주기도 싫고…'

사실 가족도 없다. 어머니는 내가 중학교 때 암으로 돌아가셨다. 아버지는 혼자 필사적으로 나를 키우시다가 내가 대학교 들어가자 병환으로 돌아가셨다.

나는 슬픔과 고독감을 노력으로 승화시켰다. 옷 디자인이라는 재능을 찾았고, 여러 대회를 우승하면서 유명세를 탔다. 그리고 세계적인 패션잡지에 입사, 편집장까지 초고속으로 승진했다.

그렇게 탄탄대로였던 나의 삶을 되돌아보았다. 나는 고가의 스포츠카로 도심을 달렸던 것을 회상했다. 신나게 달리는데 앞에 리어카를 끄는 노인이 길을 막았다. 나는 빵빵거리며 큰소리로 비웃으며 소리쳤다.

"몸도 제대로 못 움직이면 그냥 집에서 죽길 기다리세요. 네?"

그 소리를 듣고 노인은 뒤를 돌아보았다. 그 노인 바로 늙은 '나'였다. 나는 깜짝 놀라 소리쳤다. 눈을 떠보니 병원이었고, 온몸은 땀으로 젖어있었다. 악몽이었다. 깜빡 잠들었었나 보다.

다음날이 되었다. 간호사가 이것저것을 체크했다. 젊은 간호사로 예뻤다.

"할아버지 불편한데 있으면 바로 말씀해주세요."

"할아버지라니 나이차이도 얼마 안 나 보이는 데, 오빠라고 불러!"

"어머, 할아버지 농담도 참, 하하"

간호사는 재미있다는 듯 웃기만 하고 나가버렸다. 갑자기 여자친구 생각이 났다. 그녀는 누구나 부러워할만한 모델이다.

'내가 이 모양이 된 걸 알면 헤어지자 그러겠지.'

한숨이 절로 나왔다. 하지만 의사에게 마지막 희망을 걸고 있었다. 며칠이 지났다. 담당 의사가 어두운 얼굴을 들어왔다. 그리곤 어렵게 말을 꺼냈다.

"죄송합니다. 치료가 어려울 거 같습니다."

나는 충격으로 아무 말도 하지 못했다. 의사가 나가고 난 뒤 나는 무기력한 몸뚱이를 일으켜 세웠다. 그리고 거울을 바라보았다. 눈물이 흐르고 있었다. 고장 난 몸으로 힘겹게 전선을 창틀에 맸다. 그리고 늙은 모가지를 걸었다. 의식이 희미해진다. 나의 최후는 이렇게 비참했다.

담당의사와 후배의사가 하얀 천을 덮은 자살한 노인시체를 바라보고 있다.

"한국 최고 패션잡지 사장이 나이를 인정 못해서 자살 했네요, 불쌍하게. 편집장 하다가 나와, 새로 회사를 차려서 대성공, 자수성가의 표본이어서 개인적으로 존경했는데."

후배의사가 말을 이었다.

"치매 증상이죠?"

"응, 치매증상하고 현실부정이 겹친 거겠지."

담당의사가 대답했다.

"아무리 그래도 하루 만에 노인이 됐다고 착각하다니."

"내가 비밀하나 말해줄까?"

담당의사가 머뭇거리더니 말을 꺼냈다.

"뭔데요?"

"사실 환자 자식들이 부탁했어. 아버지가 치매 증상을 보이면 날짜 물어보고 다음날이라고 하라고. 그리고 TV, 달력 등 날짜를 알 수 있는 물건은 모두 압수하라고."

"왜요?"

후배의사는 의아한 듯 물었다.

"정신이 돌아왔을 때 유언을 갑자기 바꾼다고 했대나 봐. 자신의 전 재산을 못사는 노인들을 위해 사회에 전부 기부 하겠다고. 아직은 유서 수정을 안 한 상태였어."

"하지만 어떻게…"

후배의사는 할 말을 잃었다.

"자식이어서 안거야. 과거를 아니까. 자살할 걸 안거지. 유서를 바꾸기 전에 자살하게 만든 거야. 나도 부탁을 들어주면 돈을 받기로 했어. 그래도 이렇게 될 줄은 몰랐어."

담당의사는 비밀이라고 신신당부하고는 자리를 떠났다.

후배의사는 혼잣말을 했다.

"돈 만큼 무서운 게 없네."

# 무지

 무지(無知)란 참 무섭다. 예를 들어, 지금은 모든 사람들이 방사능이 무서운 줄 알고 있다. 몸에 축적되고, 유전자를 영구 변형시키고, 대대손손 기형아를 만드니 말이다.
 하지만 1950년대에는 라듐이 들어간 물, 어린이들을 위한 방사능 실험키트가 있었다. 심지어 라듐이 함유된 콘돔까지 있었다. 중세 시대에는 수은을 엘릭시르라는 만병통치약으로 여겨 먹었다. 지금 생각해보면 정말 섬뜩한 일이다.
 나와 몇몇 우주전문가들은 어느 프로젝트에 참여하게 되었다. 우리나라도 이제 우주개발에 힘을 쓰기 시작했다며 모두 좋아했다. 영화 〈콘텍트〉에 나온 것과 같이 거대 레이더들이 줄지어 세워졌다. 프로젝트는 간단했다. 이 레이더들로 전파를 보내 지구의 존재를 알리고 미지의 신호들을 분석하는 것이었다.
 그러나 프로젝트가 시작되고 몇 년이 지났지만 아무런 성과가 없었다. 모두가 지쳐갈 때쯤, 한줄기 빛 같은 소식이 들려왔다. FTL기술, 즉 빛보다 빠른 속도로 우주여행이 가능한 기술이 개발되었다.

그 기술을 유인우주선에 쓰기에는 아직 불안정했다. 그래서 무인우주선을 만들어 보내기로 했다. 이 무인 우주정찰기는 은하계를 넘어, 온 우주를 돌아다니면서 생명체를 찾을 것이다. 그리고 생명체를 발견하면 영상으로 촬영해 돌아올 것이다.

그렇게 무인 우주정찰기를 보낸 지 몇 년. 드디어 그 우주선이 돌아왔다. 우리는 흥분을 감추지 못했다. 그리고 재빨리 영상을 확인했다. 영상에는 지구가 보였다. 그리고 은하계를 지나 점점 멀어져 갔다. 한동안 어둠만 보였다. 그리고 얼마 후 지구와 비슷한 행성이 보였다. 모두 집중했다. 그 행성에는 도시 같은 게 보였다. 그리고 괴상한 생명체까지. 우리들은 환호했다.

그때였다. 행성 전체가 보였는데 무슨 거대한 검은 구체들이 행성 주변으로 접근하는 게 보였다. 구름 같다고 해야 할까. 그런 구체들이 행성을 뒤덮었다. 모든 생명체가 죽고 행성은 초토화가 되었다. 그리고 그것들이 핵을 먹어 치웠는지 행성은 산산조각이 났다.

그 영상을 보고 우리는 프로젝트를 폐기했다. 사자가 가득 찬 우리 안에서 '나 여기서 있어요!'라고 소리치는 짓은 그만두었다.

역시 무지란 무섭다.

# 해충

"이번에도 흉작이야."
"왜? 농사가 생각보다 잘 안 돼?"
내 한탄 섞인 말에 친구가 물었다.
"해충이 농작물을 망쳐 거의 다 팔 수 없게 됐어."
"농약이라도 쳐보지."
"요즘 누가 약 친 걸 사."
나는 농사에 대해 아무것도 모르는 친구를 한심하게 쳐다봤다. 그리고 바로 고개를 숙여 생각에 잠겼다.
해충들은 악랄하다. 지능이 낮은 해충을 가지고 이렇게 말하는 게 이상하지만 정말 그렇다. 해충들은 농작물에 붙어살며 말라비틀어질 때까지 영양분을 빨아먹는다. 그렇게 작물이 죽으면 사방으로 퍼져 나가 다른 작물에 옮겨 붙는다. 이런 짓을 반복하면서 내 작물들을 초토화시킨 것이다.
나는 한숨을 크게 쉬었다.
"그래서, 그 해충 이름이 뭐라고?"
친구에 물음에 대답했다.

"'인간'이야."

나는 우주를 가꾸어 은하계를 만들고, 거기에 행성핵을 심어 행성을 키워 파는 농부다.

인간이라는 해충은 내 마음에 들었던 아름다운 파란 행성에서 생겼다. 처음에는 별문제 없다고 생각했다. 오히려 행성 표면을 가꾸는 걸 보고 도움이 되는 익충이라 생각했다.

하지만 내 큰 착각이자, 실수였다.

내가 한눈을 판 사이에 인간들은 지구에 자원을 모조리 빨아먹었다. 행성은 매연으로 가득했고 땅은 생기를 잃어갔다. 행성이 죽은 것이다. 나는 긍정적으로 생각하려 했다. 날개가 없으니 다른 행성으로 퍼지지 못하겠지.

그런 나를 비웃기라도 하듯 인간은 이상한 날개를 만들어 다른 행성들로 퍼지기 시작했다. 그들은 탐욕스러웠고 무자비 했다. 삶에 필요한 양보다 지나치게 많은 자원을 써 또 다시 행성을 말려 죽였다.

나는 친구에게 답을 하고는 자리를 떴다. 더 이상 이대로 놔두었다가는 우주에 모든 행성이 말라 죽을지도 모른다. 눈물은 머금고 모든 작물을 불태우고 처음부터 다시 행성을 심을 예정이다.

이 탐욕스러운 해충들이 모두 죽어 다시 나오지 않길 바라면서.

## 돌아오는 길

 빗방울이 거칠게 떨어지는 소리가 차 안에 울려 퍼졌다. 달리는 차의 진동이 심장박동소리에 맞춰 온몸에 전해졌다. 늦은 밤 가로등마저 없는 인적 드문 도로에는 오직 내 자동차 타이어가 물보라를 일으키는 소리만이 들렸다.
 "갑자기 비 더럽게 많이 내리네. 재수 없게."
 나는 머리가 아파 뒷좌석에 누워있는 친구 승수가 들으라고 큰소리로 혼잣말을 했다. 백미러로 보이는 그는 간헐적으로 움찔거릴 뿐이었다. 고개를 살짝 돌려 비어 있는 조수석을 잠시 본 후, 시선을 다시 와이퍼에 빗물이 번져가는 정면으로 돌렸다. 빗물에 산란되는 헤드라이트 불빛만이 간신히 앞에 무엇이 있는지 보여줬다. 빗소리가 주는 이유 모를 안도감에 잠시 생각에 잠겼다.
 그때였다. 의식은 다른 곳에 가있는 내 시선에 낯선 무언가가 날아들었다. 반사적으로 브레이크를 밟았고, 큰 충격이 앞에서부터 몸을 뚫고 지나갔다. 타이어가 도로에 갈리는 소리와 충돌음이 빗소리를 덮어버렸다. 나는 핸들에 머리를 박은 채로 가만히 있었다. 핸들을 꽉 진 두 손에서 비가 내렸다. 심장이 공회전하는 자동차 엔진처럼 미친 듯이 뛰었다.

"하, 오늘 왜 이래. 여행을 가는 게 아니었어."

내 입에서 긴 한숨 섞인 말이 나지막이 나왔다. 중고차를 새로 뽑은 기념으로 둘이서 바닷가에 가서 회와 소주를 먹고 오자는 승수의 제안으로 떠난 여행이었다. 갈 때까진 좋았지만 돌아올 때가 문제였다. 집으로 돌아오는 길인 이 도로에 들어설 때부터 느낌이 좋지 않았다. 내 예감이 틀리지 않은 것이다.

뒷자리에서 나뒹군 승수의 상태를 확인한 후 조심스럽게 차문을 열었다. 빗물의 파편들이 얼굴로 무섭게 날아들었다. 문을 닫는 것도 잊고 자동차 밖으로 나와 도로에 섰다. 머리부터 시작해 온몸이 빗물에 젖어들었지만 차갑다는 느낌조차 들지 않았다. 헤드라이트 불빛에 의지한 채 도로에 누워있는 물체로 다가갔다. 눈에서 번져가는 빗물이 시야를 흐릿하게 했다. 나는 그 물체의 정체를 파악하기위해 필사적으로 시각에 온 신경을 집중시켰다. 그리고 겨우 무엇인지 알아차렸을 때, 모든 불안함이 안도의 한숨에 씻겨 내렸다.

노루였다. 네 다리와 혀를 기괴한 방향으로 늘어뜨리고 있는 노루였다. 죽은 노루에겐 미안하지만 얼굴에 미소가 번져갔다. 걱정했던 자신이 바보 같았다고 생각하며 차로 돌아가려는 순간, 알 수 없는 위화감으로 고개를 돌렸다. 다시 자세히 본 노루의 시체는 뭔가 이상했다. 죽은 지 오래 지난 눈을 비롯해 몸 여기저기가 썩어 악취를 풍기고 있었고, 수술이라도 한 듯 배가 정확히 반으로 갈라져 있었다. 갈라진 배에서 갈비뼈인지 내장인지 모를 것이 보였다.

불쾌감에 급히 고개를 돌려 차로 향했다. 어찌됐든 사람이 아니라는 사실이 중요했다. 빗물 때문인지 멀리 보이는 열려진 자동차 문에 뱀 같은 형상이 꾸물거리는 것 같았다. 나는 빗물로 엉망이 된 운전석에 몸을 실었다. 그때까지도 승수는 넋이 나간 표정 그대로 있었다. 차는 다시 도로에 엔진소리를 퍼뜨리며 노루의 시체를 피해 달렸다.

얼마나 지났을까. 젖은 운전석 시트와 맨살에 달라붙는 옷의 불쾌함에 익숙해질 즈음이었다. 뒷좌석 시트가 눌리는 부스럭거리는 소리가 나더니 낯선 목소리가 들려왔다.

"상규야… 상규야… 상규야…."

감정 없는 목소리로 느리게 누가 내 이름을 반복적으로 부르기 시작했다. 턱이 빠진 듯 발음은 부정확했고, 승수의 목소리 치고는 지나치게 낮았다. 핸들을 잡은 손부터 시작해 온몸이 얼어붙었다. 입도, 눈조차도 움직일 수 없었다. 목소리 사이사이에 관절을 꺾는 듯한 기괴한 소리가 들려왔다. 나는 힘겹게 눈동자를 움직여 겨우 백미러를 볼 수 있었다. 승수가 조금 전 노루의 시체처럼 말도 안 되는 방향으로 사지가 꺾인 채 상체를 세워 나의 뒤통수를 보고 있었다. 그리고는 뼈가 부러지고 살이 찢어지는 소리가 나더니 승수의 턱부터 배까지 갈라지기 시작했다. 갈라진 배에서 커다랗고 날카로운 이빨 같은 것들이 보였고, 몇 개의 촉수들이 꿈틀거렸다.

도대체 내가 뭘 본거지? 너무나 끔찍하고 무서운 상황에 비명조차 나오지 않았다. 빗물에 젖어 있는 옷들이 다시 땀으로 젖는 느낌이 들었다.

"상규야, 여긴 어디야?"

승수 아니, 그 괴물의 발음은 조금 전보다 정확했지만 여전히 조금 낮고 느렸다. 나는 심하게 떨리는 목소리로 대답했다.

"그… 그 집 가는 숲길 있잖아. 거기야."

"아직 한참 남았네."

괴물은 갈라진 배를 다시 닫았고 목소리도 점점 원래 승수의 것으로 돌아가고 있었다. 나는 여전히 미칠 듯이 뛰는 심장박동에 맞춰 땀을 흘리고 있었지만, 한 가지 희망을 발견했다. 그 괴물은 아직 친구의 의식을 가지고 있다. 적당히 맞장구치다가 잠시 잠잠해질 때 자동차에서 내려 도망가면 될 것 같았다.

정면과 백미러를 수십 번씩 번갈아보고 있을 때, 정면에서 노랑색 불빛이 반짝였다. 자동차 한 대가 고장난 듯 비상등 불빛을 뿜으며 갓길에 세워져 있었고, 한 남자가 곤란한 표정으로 서 있었다. 그는 내 차를 발견하더니 도로에 반쯤 몸을 내밀어 팔을 마구 흔들었다. 나는 속도를 줄여 그 남자 가까이에 차를 세웠다.

"왜 멈춰?"

심기가 불편에 보이는 괴물에게 나는 떨림을 숨기며 최대한 상냥하게 말했다.

"차가 고장났나봐. 도와줄까 해서."

"너는 예전부터 어려움에 처한 사람 그냥 못 지나쳤지."

괴물이 다시 잠잠해진 것을 확인한 후, 조수석 창문을 천천히 내렸다. 남자가 다급히 뛰어왔다. 내게 도움을 청하려는 모양이지만, 안타깝게도 도움을 청하는 쪽은 내 쪽이었다. 저 남자의 도움을 받으면 괴물한테서 쉽게 도망 갈수 있을 것았다.

"무슨 일이세요?"

"아, 감사합니다. 차가 고장 났는데, 핸드폰도 안 터지고 지나가는 차도 사람도 없어서요. 혹시 근처 주유소나 핸드폰 터지는 곳까지 만이라도 태워주실 수 있으세요? 사례는 꼭 하겠습니다."

나의 허락에 남자는 연신 '감사하다'고 하면서 조수석 차문을 열었다. 홀딱 젖은 내 모습과 엉망이 된 차 안을 보고는 잠시 멈칫했지만, 엉덩이를 조수석에 밀어 넣었다.

"정말 감사… 어? 저건 뭐야!"

그는 뒷좌석을 이제야 확인한 듯 비명을 질렀다. 괴물의 배가 갈라지고 있었다. 남자는 허리를 바깥쪽으로 급히 돌리며 닫았던 차문을 미친듯이 다시 열려고 했다.

"가지마!"

괴물의 외침과 함께 바람을 가르는 소리가 났다. 그와 동시에 내 얼굴로 따뜻한 액체가 튀었다. 나는 반사적으로 손으로 얼굴을 쓸어내렸다. 손에 붉은 피가 흥건했다. 괴물의 촉수가 도망가려는 남자의 등을 뚫고 가슴으로 나와 있었다. 남자의 부들대는 몸이 뒷좌석으로 끌려갔다. 남자의 머리부터 괴물의 배로 들어가기 시작했다. 사자가 생고기를 뼈째 씹어 먹는 듯한 소리가 차안을 가득 매웠다.

차라리 기절했으면 좋겠다고 생각했다. 사실 처음엔 내가 미쳐버려 만들어낸 환상이 아닐까 의심했다. 하지만 얼굴에 피가 튄 순간, 모든 일이 현실임을 알았다. 나는 포식자를 만난 초식동물처럼 온몸을 덜덜 떨기만 했다.
"뭐해. 빨리 집 가야지."
식사를 마친 괴물의 말에 화들짝 놀라 가속페달을 밟았다. 머리가 새하얘졌다. 도망간다 해도 괴물의 무시무시한 촉수를 피할 수 없을 것 같았다. 다른 사람에게 도움을 청한다 한들 중무장한 군대나 경찰이 오지 않는 이상 이길 가능성이 희박해 보였다.

사람의 시체를 처음 본건 아니지만, 그 충격과 잔상이 머리에서 떠나질 않았다. 나는 한동안 말없이 운전을 했다. 이렇게 하는 것 이외에 어떠한 방법도 떠오르지 않았다. 그 와중에도 괴물은 계속해서 내게 말을 걸었다.

"상규야, 중2때 우리 오토바이 탔던 거 같은데 기억이 안 나네."

그런데 이 괴물은 왜 과거에 대해서만 계속해서 묻는 것일까? 비위를 맞추기 위해 몇 번 대답하던 중 의문이 들었다.

"야 너, 기억 안 나? 니네 아버지 오토바이 훔쳐서 둘이 타고 다니다가 학원 선생님 차 긁어서 죽도록 맞았잖아."

추억을 떠올리니 이런 상황에도 나도 모르게 웃음이 나왔다. 문득 본 괴물 아니, 승수의 얼굴에도 미소가 번져 있었다. 왜 알아채지 못했을까? 과거에 대해 이야기할수록 괴물의 목소리가 승수의 목소리도 돌아오고 있다는 사실을. 이제 내가 해야 할 일을 깨달았다. 승수의 기억을 되살리는 것. 그것만이 내가 집으로 돌아갈 수 있는, 괴물이 친구로 돌아가는 유일한 길이었다. 친구로 돌아오면 그때 도망가면 된다. 그 다음에 어떻게 될지는 내 알바 아니었다. 소꿉친구에, 고등학교 때까지 같이 붙어 다녔으니 공유하는 기억이 많았다.

"갑자기 기억난다. 초등학생 때 반에서 반장 학원비를 누가 훔쳐갔는데 내가 의심 받았잖아. 너무 억울했는데 너만 유일하게 내 편을 들어줬어."

승수가 아련한 표정으로 말했다. 나는 작은 목소리로 '맞아'라고 맞장구친 뒤 생각에 잠겼다. 그 돈을 훔친 건 나였다. 사고 싶은 장난감을 부모님이 안 사줬고, 우연히 반장의 학원비를 보자 충동적으로 벌인 일이었다. 하지만 범인으로 지목된 건 체육시간에 양호실에 간 승수였다. 그날의 감정이 생생히 느껴졌다. 억울해 우는 승수와 손가락질하는 반 아이들과 담임 선생님, 몰려오는 죄책감과 불안함. 결국 나는 승수는 아니라고 소리쳤고, 다음날 몰래 돈을 다시 제자리에 돌려놓았다.

지금의 나는 그때와 비교해 조금도 성장하지 않았다. 오히려 죄책감마저 못 느낄 만큼 퇴보했다. 승수는 계속해서 말했다.

"중3때였나? 우리 집이 파산으로 차압당했다는 소문이 나서 나 왕따 당했잖아. 그때도 너는 나랑 놀아주고 새로운 친구들도 소개해서 어울리게 했잖아."

나는 크게 한숨 쉬었다. 그건 실수였다. 나의 경솔한 입에서 나도 모르게 친구가 감추고 싶어 했던 것이 튀어나왔던 것이다. 당시는 일이 그렇게 커질줄 몰랐었다. 승수에게 거지라는 놀림과 구타는 기본이었고, 일상적인 생활조차 못할 지경의 멸시가 쏟아졌다. 내가 태어나서 지금까지 본 가장 비참한 상황이었다. 겁을 먹어 나의 실수를 승수에게 말하지는 못했지만 죽으려고 하는 친구를 두고 볼 수만은 없었다. 나는 왜 이렇게 실수투성이었을까?

어느덧 숲길이 끝나가고 있었다. 승수는 점점 최근의 기억에 대해 말하고 있었다. 내가 두려워하는 기억에 가까워지고 있었다. 이렇게 본의 아니게 과거를 돌아보니 심장에 무언가 달라붙은 듯 무겁고 아파왔다. 나는 늘 문제투성이에 쓰레기였고, 이런 나를 위해 승수는 모든 걸 포기했다. 내가 한 학년 선배들에게 맞았을 때도, 뒤도 안 보고 자신의 덩치에 세배는 되는 선배들에게 달려든 승수였다.

"상규야, 그런데…"

승수의 목소리가 느려졌다.

"오늘 왜, 나 죽였냐?"

차 안에 침묵이 흘렀다. 비는 그쳤고 엔진소리만이 들렸다. 나는 급브레이크로 차를 갓길에 세운 후 소리쳤다.

"그러니까 왜 등신처럼 신고하려고 하냐고!"

간만에 소주에 기분 좋게 취해 있었다. 음주운전인데 괜찮겠냐는 승수의 말에 나를 못 믿냐고 당당하게 받아쳤다. 대기업 취직에 성공해 그 기념으로 중고차까지 부모님에게 받았다. 바닷바람까지 맞으니 이보다 더 좋을 수 없었다. 보슬비가 내리기 시작했다. 나는 승수를 조수석에 태운 채 집을 향해 달렸다. 빗물 때문인지 술기운 때문인지 앞이 흐릿했다. 잠깐 눈을 감았다 떴을 때 흰 물체가 차 앞으로 지나갔고 나는 속도를 줄이지 못했다. 승수의 비명이 들렸다. 내려서 확인하니 여자였다. 왜 이 늦은 시간에 사람도 없는 숲길을 건넜는지 모르겠지만 분명 흰 원피스의 젊은 여자였다. 그녀의 원피스에 핏빛의 꽃이 피어나고 있었다.

"상규야, 빨리 신고하고 병원으로 옮기자. 안 죽었을 수도 있잖아."

승수가 핸드폰을 들었다. 하지만 통화권 이탈이었다. 나는 급히 승수의 휴대폰을 뺏으려고 했다.

"야, 미쳤어. 음주운전에 사람까지… 그렇게 되면 내 직장은? 내 인생은?"

나는 주위를 둘러봤다. 목격자도, 감시카메라도 없다. 이 도로는 인적이 드물어 잘 만하면 오랫동안 사고를 감출 수 있을 것 같았다.

"야, 저 여자 저 숲에 숨기자. 비도 오고 도로의 피도 시간 지나면 없어져 안 들킬 수 있어."

승수는 다그치는 나를 노려보다가 내키지 않은 표정으로 도왔다. 여자를 도로 옆 숲으로 옮긴 후 낙엽으로 덮었다. 주유소에서 받은 생수와 수건으로 차에 묻은 피를 닦고는 다시 출발했다.

얼마 안 가서 승수가 말했다.

"야, 잠깐 세워봐."

나는 갓길에 차를 세웠다.

"아무래도 이건 아닌 것 같아. 신고하자."

"야, 너도 이젠 공범이야. 알아?"

승수는 핸드폰을 들고 차에서 내리며 말했다.

"알아. 그래도 잘못된 일을 숨길 순 없어."

그는 전파가 잡히는 곳을 찾아 여기저기 돌아다녔다. 내 마음이 초조해졌다. 나는 차량용 소화기를 집어 들고는 차에서 내렸다.

"야, 여기 신호가 잡힌다"고 말하는 승수의 머리를 뒤에서 내리쳤다. 그는 넘어져 죽어가는 벌레처럼 꿈틀거렸다. 그때 갑자기 장대비가 쏟아져 내렸고 나는 승수를 차량 뒷좌석에 밀어 넣었다. 이유는 알 수 없지만 버리고 떠날 수 없었다.

바로 몇 시간 전에 있었던 일을 회상하고 나서 나는 뒤를 돌아보았다. 승수의 배가 갈라지고 있었다. 그러나 이제는 더 이상 무섭지 않았다. 괴물을 친구로 되돌리려고 했지만 정작 괴물에서 사람으로 돌아와야 하는 건 나였다. 촉수가 서서히 나에게 다가왔다.

## 노력의 결실

윤회를 알고 있는가?

불교 교리 중 하나로, 사람이 죽으면 다른 생명으로 다시 태어나 또 다른 삶을 살게 된다는 것이다. 하지만 인간으로 다시 태어난다는 보장은 없다. 벌레로 태어날 수도 있고, 다른 동물로 태어날 수도 있다.

윤회라는 것이 가능할까. 어떤 원리로 발생하는 것일까. 이 질문의 답은 아마 이 나라의 재벌2세들이 가장 잘 알 것이다.

아시아 최고층 건물이 될 SL타워의 착공식 날, SL그룹의 젊은 회장이 모습을 드러냈다. 주지호 회장은 흔히 말하는 재벌 2세이다. 아버지인 주재용 회장의 건강문제로, 젊은 나이에 이 나라를 대표한다고 해도 과언이 아닌 세계적 기업인 SL그룹의 회장 자리에 앉았다.

그는 건설 하청업체의 일용직 노동자들을 공사장 한편에 모아놓고 연단에 올라 연설을 시작했다.

"여러분이 왜 저처럼 부자가 되지 못하는지 아십니까? 바로 노력이 부족해서 그런 겁니다. 노력이 부족하니 이딴 허드렛일이나 하는 겁니다."

한 노동자가 어이없다는 듯, 분노에 찬 말투로 소리쳤다.

"노력이 부족하다고요? 저만 해도 난방, 냉방도 전기가 아까워서 안틀고 물 한 방울까지 아껴가며 삽니다. 몸이 부숴질 정도의 중노동에도 이를 악물고 일해서 가족들을 먹여 살립니다. 여기에 그런 사람들 천지입니다. 이래도 노력을 안 한다고요? 이 빌어먹을 나라에서는 저 같은 하층민이 죽도록 노력해도 회장님 같은 부자가 안 됩니다. 다시 태어날 때, 회장님 같이 재벌2세로 태어나면 모를까. 회장님이야 말로 노력이라는 것을 아십니까?"

그의 말에 노동자들이 박수를 보냈다. 주 회장은 소란이 진정되자 말을 이었다.

"제가 노력을 모르긴요. 저는 원래 찢어지게 가난한 집안에서 태어났습니다. 어느 날이었습니다. 노력에 노력을 거듭해도 빚만 늘어나는 삶에, 절망과 회의 느끼고 있었을 때, 절에 다니던 친구에게서 윤회에 관해 듣게 되었습니다. 그리고 저와 같은 처지의 친구들과 윤회에 관해 연구를 하기 시작 했습니다. 그러다 윤회의 근본적인 원리를 깨닫게 되었 습니다."

사람들은 거짓말 같은 그의 이야기에 멍해졌다.

"저는 재벌2세로 태어나기 위해 다섯 번의 자살을 했습니다. 이렇게 죽도록, 아니 죽는 노력을 해서 재벌 2세가 된 겁니다. 지금 모든 재벌 2세들은 다 저와 같이 윤회를 연구한 친구들입니다. 여러분도 이렇게 노력하면 뭐든지 이룰 수 있습니다."

사람들은 그의 말을 얼른 믿지 않았지만, 그가 말한 재벌 2세들의 이름을 가진 사람들이 자살로 죽었다는 기사를 찾아내자 믿기 시작했다.

그때부터 하층민들이 무더기로 자살하기 시작했다. 그 중에, 윤회의 원리를 깨달은 사람은 극소수였다. 다들 막연한 기대감으로 자살했다. 결국 이 나라 인구의 80퍼센트에 달하는 사람들이 스스로 목숨을 끊었다. 그 소식을 듣자, 재벌2세와 재벌들은 정관수술을 위해 비뇨기과로 몰려갔다. 스스로 대를 끊은 것이다.

당연한 일이다. 노력해서 번 돈은 남 주기 아까운 법이니까.

## 유작공장

 덜덜 떨리는 연필 끝은 오늘도 아무것도 적지 못하고 방황만 했다. 상섭은 연필을 내려놓고 빈 원고지를 바라보았다. 그의 손은 아직도 떨리고 있었다. 상섭이 처음부터 글을 못 썼던 건 아니다. 그는 촉망 받는 신인 작가로 유명 출판사 공모전에서 대상을 수상하며 등단했다. 언론들은 그를 극찬했고, 문단의 부러움을 한 몸에 받았다.
 하지만 찬란한 순간도 오래가지 못했다. 후속 작들이 줄줄이 실패하면서 몰락은 의외로 빨리 찾아왔다. 기대를 받으며 데뷔한 만큼 주위사람들의 실망은 컸다. 언론과 팬들도 악평과 비난을 하며 등을 돌렸다.
 출판사 편집장은 "이번에도 실패하면 끝인 줄 알라"며 엄포를 놓았다. 일부러 그러는 것인지 상섭이 들고 간 원고들을 줄줄이 퇴짜 놓았다. "역사에 길이 남아야 할 작가가 이 정도 밖에 안 되냐"라는 비아냥거림이 섞인 독설도 거침없이 내뱉었다.
 그렇게 상섭의 마음에 금이 가기 시작했다. 마음에 금은 시간이 지날수록 점점 늘어갔 고 결국 깨진 거울처럼 무너져 내렸다. 이젠 연필만 잡아도 손이 떨리고 머리가 새하얘지는 지경에 이른 것이다.

어느덧 창문으로 들어오던 햇빛도 붉게 물들었다. 멍하니 떨리는 손을 주무르던 상섭은 용기를 내어 다시 연필을 잡고 원고지를 바라보았다. 그는 컴퓨터보다 원고지에 연필로 글을 쓰는 것을 좋아했다. 글 쓸 때 손에 전해져 오는 흑연이 갈리는 진동과 그 소리, 원고지의 감촉과 붉은 줄은 그에게 마음의 안정을 가져다주곤 했다. 하지만 이제 그 원고지는 상섭의 마음을 가두는 감옥이 되었다.

상섭은 연필 집어 던지고 머리를 감쌌다. 그때 누군가 문을 두드렸다.

"문 좀 열어봐"

상섭은 익숙한 목소리에 문을 열었다. 용운이 찾아온 것이다.

"선배, 무슨 일이세요."

상섭은 기쁨 반, 근심 반으로 그를 맞이했다. 용운은 대학교 때 같은 소설동아리 선배였다. 글 솜씨가 워낙 뛰어나, 대학교 때부터 이미 유명했다. 상섭은 그런 그를 동경 해왔다.

"소문도 들었고, 전화도 계속 안 받길래 찾아와봤지."

"뭐, 글 쓰는 사람 사는 게 그렇죠. 하하"

상섭은 구겨진 원고지가 널브러진 방이 부끄러운 듯, 그것들을 발로 대충 구석으로 밀어버렸다.

"글, 안 써지는 거야?"

용운이 어색하게 웃는 상섭에게 단도직입적으로 물었다.

"나도 그랬어. 다 마음 문제야. 편하게 생각하면 글이 잘 써질 거야."

용운은 격려와 조언을 아끼지 않았다. 상섭도 귀담아 들었다. 다른 사람 같았으면 '알지도 못하면서'라며 무시했겠지만, 그의 조언은 달랐다. 용운도 자신처럼 슬럼프를 겪었다는 걸 알고 있기 때문이다.

용운은 SF소설 〈스페이스 보헤미안〉을 비롯해 내는 책마다 줄줄이 히트를 쳤다. 하지만 사람들의 기대감은 그에게 부담으로 다가왔고 그것이 쌓이자 글을 쓸 수가 없어졌다.

그러다 몇 달간 종적을 감췄다. 자살한 것이 아니냐는 소문도 돌았지만, 그는 다시 나타나 요즘 최고 히트를 치고 있는 소설 〈인면어〉를 발표했다.

그렇게 트라우마를 극복한 선배의 말을 상섭이 무시할 리 없었다. 한동안 둘은 이런저런 이야기를 나눴다.

"그럼 난 이만 갈게. 힘내."

용운이 자리에서 일어났다.

"선배 덕분에 힘이 많이 나요"

상섭은 밝게 웃었다.

하지만 그의 눈에 깊은 어둠이 있음을 용운은 알 수 있었다. 용운은 한참을 망설이다 말을 꺼냈다.

"죽고 싶을 정도로 힘들어지면 여기 한번 가봐."

유작공장

상섭은 명함 하나를 건네받았다. 거기엔 예술가 전문 정신병원이라 적혀있었다. 상섭은 명함을 책상 위에 올려놓고 용운을 배웅했다. 그의 방문이 마음에 위안이 되었는지 그날 밤은 불면증에도 불구하고 쉽게 잠에 들었다.

다음날이 밝았다.

오늘은 왠지 글을 쓸 수 있을 것 같은 마음에 상섭은 연필을 집어 들었다. 떨리는 손을 참아가며 몇 자 적어보았지만, 말 그대로 글자일 뿐이었다. 상섭은 원고지를 꾸겨 던지고 바닥에 웅크리고 앉았다. 무능력한 자신에 대한 분노와 연민을 더 이상 버틸 수 없었다.

재능이 없어 그만둔다는 변명도 할 수 없었다. 그가 받은 공모전 대상이 도망갈 길마저 막고 있었다. 이런 상황이 그를 더 미치게 만들었다. 글도 못 쓰는 작가는 존재할 가치가 없었다. 상섭은 그렇게 생각하며 불면증으로 처방 받은 수면제를 바라보았다. 그는 천천히 수면제로 손을 뻗었다. 그러다 책상 위에 놓인 명함을 보게 되었다.

최근까지 상섭은 병원을 다녔다. 정신병원에서 이런저런 상담을 받았지만 아무런 도움도 되지 않았다. 하지만 완치가 된 선배가 다녔던 곳이라면 뭔가 다를 것이라는 믿음이 그의 머리에 가득 차올랐다. 마지막 희망이라 생각하며 명함에 적힌 곳으로 향했다.

다른 건물은 찾아볼 수 없는 한적한 숲 속에 병원이 성처럼 서있었다. 상섭은 고급스럽고 거대한 병원에 들어섰다. 하얀 피부의 남자 안내원이 멋진 미소로 그를 반겼다.

"안녕하세요. 예술가 전문 정신병원입니다. 어떻게 오셨죠?"

"저 소설가 한용운씨의 소개로 왔습니다만…"

안내원이 미소를 유지한 채, 인적사항을 적을 종이를 건넸다.

"작성이 끝나시면 뒷장에 계약서 읽어 보시고, 서명하시면 바로 치료실로 안내해드리겠습니다."

상섭은 대충 계약서를 읽어보았다. 병원에서 있었던 일을 비밀로 할 것, 개인정보 절대보호 같은 사항들이 적혀있었다. 상섭이 작성과 서명까지 마치자 안내원은 그의 소지품을 모두 수거한 후, 병원 안 쪽으로 안내했다. 사방이 유리로 된 방들이 줄지어 있었다. 각 유리방에는 다양한 사람들이 작품활동을 하고 있었다. 화가부터 소설가, 가수까지. 심지어는 유명 연주가도 있었다.

"이 쪽 방입니다. 방으로 들어 오세요"

그는 방으로 들어갔다. 치료실이라기 보다는 감옥에 가까웠다. 육중한 철문에는 배식구로 보이는 구멍이 있었고, 방에는 조그만 화장실이 있었다.

상섭이 방에 들어가자마자, 밖에서 안내원이 문을 닫았다. 문을 두드려 보았지만 잠긴 듯했다.

"설명 드리겠습니다. 한 달 안에 작품을 내세요. 아니면 당신은 죽습니다."

"네? 뭐라고요?"

상섭은 당황했다.

안내원은 변함없는 말투로 말했다.

"예술가들의 삶에서 언제 최고의 작품이 나온다고 생각하십니까? 바로 죽기 직전입니다. 유작(遺作)이야 말로 예술가의 최고의 작품이죠. 한 달 안에 저희 평가단이 만족할만한 작품을 못 내시면 방 안 전체에 독이 퍼질 겁니다. 저희 평가단은 모두 세계적인 평론가와 다양한 분야의 전문가로 구성되어 있습니다. 냉정하고 정확한 평가가 내려질 겁니다."

"거짓말이죠? 농담도 참."

상섭은 억지로 웃어 보였다.

그때 갑자기 밖이 소란스러워졌다. 누군가가 입에 거품을 문채 실려 나가는 것이 보였다. 안내원이 하는 말이 모두 진심이라고 느껴진 순간, 상섭은 충격에 빠져 할 말을 잃었다. 그러다 살고 싶다는 마음이 들어 소리쳤다.

"당신들 이런 짓을 해도 무사할거 같아?"

"저 독은 마비를 먼저 일으킵니다. 그리고 몇 분 후 사망하죠. 사망 후에 독은 체내에서 사라지고요. 치료 중 정신착란으로 병원을 탈출해 근처 숲을 헤매다 객사, 아니면 병원에서 심장마비로 사망. 어떤 것도 문제될 게 없습니다."

절박해진 상섭은 문득 생각난 듯 말을 했다.

"아!, 아직 돈을 안 냈습니다. 제가 죽으면 돈을 못 받잖습니까. 당신들한테 손해예요."

"아닙니다. 계약서에 적혀 있었죠? 만약 이 병원 입원 중 사망 시에 이곳에서 만든 작품은 모두 저희 소유가 된다고 말이죠. 표정을 보니 계약서 꼼꼼히 안 읽어보신 것 같네요. 작가님이 남긴 작품을 저희가 유작으로 팔 겁니다. 유작의 가치는 생각보다 큽니다."

아찔했다. 상섭은 식은땀을 닦으며 물었다.

"그럼 제가 아무것도 안 하고 버티면요?"

"작가님 자유지만 예정대로 한 달 후 죽음을 맞이하겠죠. 아무것도 남기지 못한 채로 말입니다. 예술가가 작품 하나 못 남기고 죽는 것만큼 비참한 건 없죠. 그래서 결국 다들 열심히 작품 활동을 하시더라고요."

안내원은 한결 같은 미소를 지으면 말을 이었다.

"예술가들이 이곳을 뭐라고 부르는지 알고 있습니까? 유작공장이라 부릅니다. 정말 어울리는 별명이죠? 용운 작가님 소개로 오셨다고요? 그분 정말 대단해요. 일주일 남기고 그런 최고의 작품을 쓰시다니 말이죠."

상섭은 의자에 털썩 앉았다. 안내원은 마지막 말을 남긴 채 자리를 떴다.

"이번 작품이 유작이 되지 않았으면 좋겠습니다. 빠른 퇴원을 빕니다."

## 제2부

목격자

빌려줘

Numbers

학급모의재판

악취

순수의 잔인함

이기적 세포

끈질긴 전도

찾아왔다

재밌지 않습니까

그녀를 위해

그냥 질문할 뿐

# 목격자

 도대체 나는 뭘 본 걸까? 내 눈을 의심했다.
 어떤 남자가 그녀의 머리를 둔기로 내려쳤다. 그녀는 떨어지는 꽃잎처럼 힘없이 쓰러졌다. 고급 단독주택 2층에서 일어난 이 충격적인 장면을 창문 너머 거리에서 멍하니 바라볼 수밖에 없었다. 그 순간 밖을 살피던 살인마와 눈이 마주쳤다. 나는 헐레벌떡 그곳에서 도망쳤다.
 그 주택에서 꽤 멀리 떨어진 골목에 몸을 숨겼다. 아무도 따라오지 않는 것을 확인하고 나서야 한숨을 돌릴 수 있었다. 밤은 깊어 가고 있었다.
 나는 밤을 좋아한다. 그래서 밤에 자주 산책을 한다. 밤에는 여러 냄새가 난다. 땅이 식는 냄새, 고요한 밤공기 냄새, 달빛에 흔들리는 나뭇잎 냄새. 하지만 오늘따라 밤거리는 불안한 냄새로 가득했다. 그래서 우연히 만난 그녀의 뒤를 몰래 따라가 본 것이다. 그녀는 커다란 2층짜리 주택으로 들어갔고, 어떤 남자와 말싸움을 하는가 싶더니 그런 꼴을 당했다.
 그녀와 나는 사랑하는 사이였다. 연인 같은 낮은 수준의 사랑이 아니라, 그것을 뛰어넘는 가족과도 같은 사랑이었다. 한쪽 눈이 없고, 재수 없다고 손가락질 당하는 나를 그녀는 거리낌 없이 있는 그대로 받아주고 감싸주었다.

그런 그녀가 죽다니. 충격으로 멈췄던 머릿속이 다시 움직이면서 상황파악이 되었고, 엄청난 슬픔이 몰려왔다. 그리고 얼마 지나지 않아 그녀를 죽인 남자가 누군지 기억해냈다. 가끔 우리 집에 찾아와 그녀와 대화를 나누던 남자다.

범인이 누군지도 알았으니 빨리 신고를 해야 한다. 하지만 나는 지금 아무것도 가지고 있지 않다. 가까운 경찰서는 뛰어가도 30분이 넘게 걸린다. 그 사이 살인범이 그녀의 시신을 처리해버릴 수도 있다. 경찰서에 가서 신고를 해도 경찰이 움직여줄지 의문이다. 나는 한동안 고민에 빠졌다.

잠깐, 나는 그녀가 쓰러지는 것만 봤다. 기절했을 뿐, 살아있을 수도 있다. 지금 당장 돌아가 그녀를 깨워 그 주택을 빠져 나오면 되지 않을까? 하지만 들키기라도 하면 내 목숨까지 위험해진다. 내 손으로는 그 놈을 죽이기 힘들다. 차라리 놈의 목덜미를 물어버리는 것이 더 승산이 있을지도 모른다.

이렇게 고민하는 시간이 늘어날수록 그녀의 목숨이 줄어가는 것 같았다. 한시라도 빨리 그녀의 상태를 확인하는 것이 중요하다고 생각한 나는 다시는 가기 싫은 그 주택으로 발걸음을 옮겼다.

주택 주변과 2층에는 인기척이 없었다. 조심스럽게 담을 타고 올라가 살짝 열린 창문 틈으로 들어갔다. 그녀는 바닥에 쓰러져 있었다. 바닥에는 꽤 많은 피가 흐르고 있었다. 나는 조심스럽게 그녀의 얼굴에 손을 댔다. 미묘하게 차가웠다. 얼굴을 손으로 툭툭 치면서 흔들어 보았지만 봉제인형처럼 힘없이 흔들릴 뿐이었다. 희망이 사라지자 슬픔이 다시 몰려왔다. 나는 그녀를 계속 흔들며 오열했다.

그때 등 뒤에서 문이 열리는 소리가 들렸다. 하마터면 들킬 뻔했다. 나는 아슬아슬하게 침대 밑으로 몸을 숨길 수 있었다. 살인마는 그녀의 시체를 질질 끌고 갔다. 문이 닫히는 소리가 나자, 나는 조심스럽게 침대 밑에서 나왔다. 젠장, 그녀가 죽었다는 걸 경찰에 빨리 알려야 되는데. 조급해졌다. 그녀의 시신은 사라졌지만 바닥에 핏자국은 남아있다.

맞다, 피. 피를 묻혀서 가면 경찰도 움직여 줄 것이다. 나는 피를 묻히고 다시 창문으로 나가려고 했다. 어? 창문이 잠겨 있다. 뒤에서 문이 열리는 소리가 들렸고 곧바로 머리에 큰 충격이 느껴졌다. 시야가 점점 흐려졌다.

나는 그녀를 지키지 못했다. 게다가 그녀의 죽음도 알리지 못하고 죽어가고 있다. 살인마 녀석은 지금 좋아하고 있겠지. 너를 저주한다. 내가 죽더라도 그녀의 죽음 대한 복수는 꼭 할 것이다. 두고 보자, 이 살인마야.

"박정우씨, 경찰입니다. 문 좀 열어주세요."

형사 두 명이 2층 저택 대문 앞에 서있다. 현관문과 대문이 열리고 멀끔한 외모의 남자가 모습을 드러냈다. 그는 형사들을 응접실 식탁으로 안내했다.

"박정우씨, 이지은씨라고 아시죠? 실종신고가 들어왔습니다. 실종된 날은 일주일전으로 추정하고 있고요. 근데 마지막으로 만난 사람이 당신이라는데 그녀의 행방에 대해 뭐 좀 아시는 거 있습니까? 애인 사이라고 하던데."

"그날 지은이를 만났지만, 바로 집을 나갔습니다. 그 후로는 연락이 안 되고요."

그의 태도는 너무나도 여유롭고 평온했다.

"그럼 잠시 집 좀 둘러봐도 되겠습니까?"

그는 흔쾌히 허락했고, 형사들은 의심의 눈초리로 집안을 둘러봤다. 하지만 어느 하나 수상한 것 없이 평범했다.

그때 형사의 눈에 지하실이 들어왔다.

"저 지하실도 한번 둘러봐도 되겠습니까?"

"물론입니다."

그는 지하실로 가는 문을 웃는 얼굴로 열어주었다.

그들은 지하실로 내려갔다. 형사들은 지하실 구석구석 살펴보았지만 특별하게 없었다.

"아무것도 없네요. 의심해서 죄송합니다."

"아닙니다. 괜찮습니다. 뭔가가 나올 리가 없죠. 저는 죄 없는 선량한 사람인데요."

그는 만족한 미소를 띠면서 벽을 두드렸다. 자만하는 얼굴이었다.

그때였다. 벽 속에서 지옥에서나 들을 법한 찢어지는 비명소리 같은 것이 났다.

"이건 무슨 소리지? 고양이 울음소리 같은데."

"박정우씨, 이 벽 좀 뜯어 봐도 되겠습니까?

형사의 말에 그의 얼굴에 지금까지 본적이 없는 당황하는 빛이 돌았고, 확신을 가진 형사는 망치를 가지고 와서 벽을 부쉈다.

"유 반장님! 여자 시체입니다. 실종된 이지은씨 같습니다."

유 반장은 박정우에게 수갑을 채워 대기하고 있던 경찰에게 넘긴 후, 다시 지하실로 돌아왔다.

"반장님, 그리고요. 범행에 사용한 걸로 추정되는 둔기와 한쪽 눈이 없는 고양이 사체도 나왔습니다."

"뭐? 고양이?"

"네. 죽은 지 일주일은 되어 보입니다. 부패한 것을 보니. 그럼 아까 들었던 고양이 소리는 도대체 어떻게 된 걸까요?"

두 형사는 검은 고양이의 시체를 말없이 바라보았다.

# 빌려줘

 나는 지금 취조실에 혼자 앉아있다. 영화나 드라마에서 보던 어둡고 침침한 취조실과 다르게 회의실 같이 밝고 평범한 방이다. 방문이 열리고 형사가 들어왔다. 나는 최대한 침울한 표정을 지었다. 형사는 서류 같은 걸 책상에 놓고 나를 마주보고 앉았다.

 "자, 그러니까 정리하자면, 이름 박정우, 나이 16세, 중3. 아버지는 사업실패 후, 알코올 중독자가 되어 매일 술에 취해 너와 너의 어머니를 상습적으로 폭행했다. 사건 당일도 술에 취해 어머니에게 폭행을 가했고, 그 정도가 심해지자 너는 참지 못하고 아버지를 칼로 수차례 찔러 살해했다. 맞지?"

 "네, 맞아요…"

 나는 고개를 숙인 채 말끝을 흐렸다.

 "칼에서 나온 지문도 너의 것밖에 없고, 거의 매일 싸우는 소리와 물건 부서지는 소리를 들었다는 주민들의 증언도 있고, 경찰도 몇 번 출동한 적 있네. 피해자가 알코올 중독인 사실도 확인되었으니… 이 정도면 완벽할 만큼 충분하네."

 "그럼 이제 그만해도 되지 않아요?"

나는 고개를 들어 형사를 쳐다봤다. 형사는 깎지 못해 덥수룩한 수염을 쓰다듬으며 말했다.

"아니, 몇 가지 더 물어볼게 있어. 내가 궁금한 건 못 참는 성격이라서, 괜찮지?"

나는 고개를 끄덕였다.

"경찰서에 오래 잡아두는 것도 보기 안 좋으니까 빨리 끝낼게. 너희 어머니가 어떤 종교를 믿고 있다는데, 알고 있니?"

"네, 믿고 계신 건 아는데, 어떤 건지는 잘 모르겠어요."

"흔히 말하는 사이비 종교이며, 어머니는 광신자였다는 데 맞니?"

"모르겠어요."

나는 살짝 시선을 돌렸다. 어머니는 그 종교에 아주 미쳐 있었다. 어머니는 내가 살면서 본 사람들 중에 머리가 가장 좋았다. 명문대 출신에, 한때는 자그마한 회사를 운영하던 영특한 사람이었다. 그런 사람이 자신의 모든 것을 던질 정도로 이상한 종교에 빠지다니 알다가도 모를 일이다.

"그래? 그럼, 한 증인이 모자관계도 좋지 않은 것 같다고 했는데, 정말이니?"

"아니에요."

나는 최대한 짧게 대답했다.

'악마의 자식'

엄마는 늘 그렇게 나를 불렀다. 빨리 신에게 용서를 구하지 않으면 안 된다며 나를 괴롭혔다. 내가 기억하는 엄마에 관한 가장 오래된 기억은 나를 이상한 십자가 앞에 무릎 꿇려 기도하게 해놓고 채찍처럼 벨트로 나의 등을 마구 때린 것이다. 아마 5살 때였던 것으로 기억한다.

멍하게 있는 나에게 형사가 질문을 이었다.

"또 다른 증인은 부자 사이가 나빠 보이지 않았다고 증언했어. 어떻게 생각해?"

"어렸을 때는 그랬던 것 같은데. 기억이 나질 않아요."

어렸을 때, 어머니에게 학대를 당하면 아버지는 나를 데리고 동네슈퍼로 가서 과자나 아이스크림을 사주곤 했다. 알코올 중독자가 된 후에도 술이 깨면 술 사러 같이 가곤 했다. 내 인생에서 유일한 따뜻한 기억이다.

"음, 그럼 학교생활은 어땠니? 가출을 자주 했다는데."

내가 한동안 말이 없자 그가 다시 입을 열었다.

"하긴 가정사가 있는데 학교생활도 순탄치 않았겠지."

"자취하는 친한 동네 선배 집에서 살았어요."

"학교에서 너에 대한 평판이 많이 좋지 않더라. 흔히 말하는 일진이라고 하던데."

"그건 이 사건과 상관없는 것 같은데요, 형사님."

나는 발끈하며 언성을 높였다.

"그래, 그럼 마지막으로 가출했는데 왜 사건당일 돌아왔니?"

"어머니가 걱정돼서요. 도와주려고요."

"단지 그것뿐이야?"

"네. 도와주고 싶었습니다."

형사는 다 알고 있다는 표정으로 말했다.

"뭐가 됐든 어차피 너는 소년법에 의해 처벌받겠지. 상황까지 고려하면 무죄에 가까운 판결을 받을 게 뻔하고."

형사는 자리에서 일어나 문손잡이를 잡았다.

"이런 상황을 보면 형사라는 직업에 회의감이 들어. 하지만 죄는 언젠가 밝혀지고, 누구나 그에 합당한 처벌을 받게 될거라고 믿어. 다 끝났다. 여기서 조금만 더 대기하고 준비되는 대로 이동하자."

형사가 나갔다. 난 한숨을 돌렸다. 형사는 뭔가 아는 듯하지만, 알아봤자 '빙산의 일각'일 것이다. 아버지는 사업실패 후 집안에 틀어박혀 술만 마셨다. 술에 취해 소리 지르고 폭력을 행사했다. 하지만 더 싫었던 건 어머니였다. 아버지 탓인지 어머니는 자신이 믿는 사이비 종교를 강요했고, 기도를 제대로 하지 않으면 밥도 주지 않는 날이 허다했다.

어렸을 때는 몰랐지만, 세상물정을 알게 되고 시야가 넓어지니 진실이 보였다. 가정불화의 모든 원인은 어머니였다. 아버지의 알코올 중독도 사이비 종교에 빠진 어머니의 탓이 컸다. 어머니는 그 종교에 전 재산에 가까운 돈을 바쳤고, 기도한다고 가정을 방치했다.

아버지가 교주를 찾아가 싸운 적도 여러 번 있었다.

아버지는 소리는 자주 질렀지만 때리지는 않았다. 가정 폭력범보다는 알코올 중독자인 백수에 가까웠다.

사건이 있기 몇 주 전, 어머니가 나를 찾아왔다.

"아들아, 손 좀 빌려줘. 아니 정확히는 너의 소년법을 빌려줘."

처음에는 무슨 말인지 이해할 수 없었다.

어머니의 제안은 이랬다. 자신의 종교를 모독하고 못 믿게 막는 사탄 같은 아버지를 죽여 달라는 것이다. 아버지를 죽여주면 자신은 기도원에 들어갈 테니, 집에서 자유롭게 살라는 것이었다. 내게 매달 일정 금액을 지급하겠다고 했다. 살인을 해도 어차피 소년법이라는 게 있어 어른과 비교도 안 될 정도로 약한 처벌을 받을 것이고, 더구나 가정폭력이 만들어낸 비극으로 보여지기 때문에 많은 사람들의 지원까지 받을 수 있다는 것이다.

내가 나의 소년법을 빌려주기로 결심하는 데는 그리 오랜 시간이 걸리지 않았다. 자유 때문만이 아니었다. 사람들은 영화나 드라마 속에서 살인 장면을 볼 때, 게임에서 사람을 죽였을 때 한번쯤 이런 생각한다. '사람을 죽이는 건 어떤 기분이지?'

나도 그랬다. 다른 사람과 다르다면 나는 그 호기심과 욕구가 너무나 강했다. 가출해 이곳저곳을 방황할 때 우연히 인터넷에서 고어 사진과 동영상을 보게 되었다. 자살한 사람의 시체나 실제로 사람을 죽이는 동영상 같은 것. 그때 내 머릿속에서 새로운 사상들이 자라났다. 한번 해보고 싶었다. 하지만 정확히 어떻게 해야 되는지 몰라 할 수가 없었다. 욕구해소를 위해 학교에서 다른 애들에게 폭력을 휘두르곤 했다.

아직도 손에 아버지를 찌르던 감각이 느껴진다. 아무도 나 같은 경험은 못 해봤겠지.

엄마가 말한 대로 나는 진짜 악마인 것일까?

아쉽다. 내가 만 14세가 되기 전에 제안했으면, 아니 그때 법이 나를 보호하고 있어 뭐든지 할 수 있었다는 걸 알았다면 엄마, 아빠 둘 다, 어쩌면 더 많은 사람을 죽였을 텐데.

하지만 지금도 아직 늦지 않았다. 나는 아직 보호를 받아야 하는 미성년자이니까. 그래도 당분간은 참아야겠다. 사회의 시선을 의식해야 좀 더 효율적으로 죄를 감면받을 수 있으니.

100명의 범죄자를 놓쳐도 한 명의 무고한 사람을 안 만드는 것이 법이라고 했다. 하지만 나 같은 악마를 놓치면 어떻게 될까? 내가 갱생해 착한 천사가 될 수도 있겠지만, 내가 봤을 땐 지금 법은 내가 더 큰 악마가 되는 것을 지켜주고 있다. 고맙게도 말이다.

# Numbers

'숫자는 우주가 탄생했을 때부터 존재했다. 숫자는 진실을 숨기기도 밝히기도 한다. 숫자 때문에 사람이 죽기도 살기도 한다. 숫자는 사람들을 이어주기도 하고 멀어지게도 한다. 숫자는 곧 인생이다. 그런 숫자를 어떻게 써야 될까? 나는 이것을 내 경험을 통해 알려주고자 한다. 내가 죽을 때까지 말이다.'


1. 1부터 다시 시작인가

"1"

내 자신을 숫자로 표현한다면 이것만큼 잘 표현할 수 없을 것이다. 내 기억이 시작할 때부터 1등을 놓친 적이 없다. 나는 흔히 말하는 영재였다. 특히 수학 쪽에는 특출한 재능을 보였다. 국내·국제 수학올림피아드에서 1등을 차지하는 것도 흔한 일이었다.

지금은 대한민국 최고 병원의 외과의사이다. 뇌수술 쪽으로는 누구도 따라올 자가 없고, 해외학회에서도 실력을 인정받아 30대초반으로는 상상할 수 없는 지위와 명예를 거머쥐었다.

"안녕하세요, 최 선생님."

간호사들이 나를 보고 인사를 했다. 나는 무표정하게 그들을 쓱 쳐다보고 지나쳤다. 진료 후 휴식시간에 잠깐 커피라도 마실까 해서 나온 거지, 쓸데없는 사교활동이나 하려고 나온 게 아니기 때문이다.

정수기에 가까워졌을 때, 사람들의 대화소리가 들렸다.

"최 선생 걔는 실력은 좋은데 재수 없어, 정이 안가."

"이 병원에서 그 자식 좋아하는 사람 한 명도 없을 거다. 자존심이 과다야. 그 눈빛 알지? 우리를 벌레 보듯 하는 눈빛. 이렇게 말이야."

"하하하"

목소리를 들으니 같은 과의 장 선생과 민 선생이다. 나를 발견하자 눈치를 보는 두 인간을 아무렇지 않게 지나쳐 뜨거운 물을 담아 방으로 돌아왔다.

인간관계라는 건 이해관계일 뿐이다. 이익이 없다고 생각되면 버려지고 배신당할 뿐이다. 믿을 수 있는 건 자기 자신뿐이고, 자신의 실력뿐이다. 의사라는 호칭마저 아까운 장준현 같은 인간은 그런 쓸데없는 말 할 시간에 실력을 키웠으면 나의 반이라도 따라오지 않았을까, 아니, 그것도 무리겠지. 실력으로 보나 뭐로 보나 차기 외과과장으로는 내가 유력하다. 당연히 내가 돼야 한다.

1은 참 좋은 숫자다. 1은 자신을 몇 번 곱해도, 즉 몇 제곱을 해도 자신이 되는 자존감 높은, 변하지 않은 숫자다. 루트를 씌워도 변화 시킬 수 없다. 참 많이 나랑 닮았다. 나는 늘 1이었고, 1이어야만 한다.

어느 날, 급하게 회의가 열렸다. 사실상 수술 브리핑에 가까웠다.

"서울시장님의 수술을 제안 받았다. 뇌종양 제거수술인데 위치가 좀…"

회의가 마무리 되고 원장이 마지막으로 덧붙였다.

"수술은 최 선생이 맡을 겁니다. 우리 삼연병원의 명예가 달린 수술입니다. 모두 온 힘을 다해서 임해주시길 바랍니다."

역시 이 수술을 성공시킬 수 있는 실력을 가진 사람이 나 밖에 없다는 걸 모두 아는 것이다. 수술을 잘 마치면 나의 실력이 다시금 입증된다. 하지만 나는 눈치 채지 못했다. 이때부터 뭔가 어긋나고 있었던 것을.

며칠 후 외과과장이 나를 불렀다.

"최 선생, 이번 시장님의 수술, 장 선생이 하기로 정했어. 미안하게 됐네."

"뭐라고요? 갑자기 바꾸는 게 말이 됩니까? 이 수술, 제가 합니다."

"고집 부리지마."

"제 전문입니다. 실력도 없는 인간한테 못 맡깁니다. 수술은 제

자존심입니다."

 몇 번의 실랑이가 오갔지만 나에게는 타협이란 있을 수 없었다. 결국 계획대로 진행하기로 했다.

 수술 당일, 원장과 외과과장은 나를 못 마땅한 듯 쳐다봤지만 몰려드는 기자들을 상대하기 위해 최대한 감정을 숨기는 듯 보였다. 나는 수술실로 들어갔다.

 "역대 최고의 시장이라는 평가를 받고 있는 덕망 높은 분이야. 내가 좀 더 살게 만들 거야."

 나의 시작 선언과 함께 20시간의 긴 수술이 시작되었다.

 결과는 안 봐도 뻔했다. 당연히 종양은 성공적으로 제거되었고, 마무리만 남은 상황이었다. 그때 장 선생과 과장이 들어왔다.

 "수술 수고했어. 마무리는 나한테 맡기고 가서 쉬어."

 마무리만 해놓고 공동수술로 같이 이름을 올릴 속셈이 뻔히 보였다. 하지만 시장의 '바이탈 사인'도 정상이라 별문제 없을 거 같았고 장시간 수술에 피곤하기도 했다. 무엇보다 내 실력을 보여줬으면 됐다는 안일한 생각에 내키진 않았지만 허락했다. 그것이야말로 내 인생 최대의 실수였다.

 병원 휴게실에 앉아 한숨 돌리다 나도 모르게 잠이 들었다. 나를 깨운 것은 미친 듯이 울리는 전화였다.

 "최 선생님, 큰일 났어요."

 급한 목소리였다. 나는 빨리 병실로 향했다. 그곳에서 내가 본 건 흰 천을 덮고 있는 시장의 주검이었다. 원장은 나를 원장실로 호출했다. 거기엔 외과과장과 의사 네댓 명이 있었다.

"뭡니까. 실력 하나는 좋다고 믿었는데 실망스러워."

원장이 말했다.

"내 수술은 완벽했습니다. 다들 보지 않았습니까, 정상이었던 거. 마무리한 장 선생 잘못입니다."

"병원의 명예가 심각하게 실추될 거야. 책임지세요."

"제 수술은 완벽했다고 했습니다. 제 책임이라는 증거를 보여주세요."

나는 슬쩍 의사들이 모인 곳을 보았다. 아무도 눈을 마주쳐주지 않는다. 의사들 사이에 끼어있는 간호사 한 명이 신경 쓰였지만 더 중요한 문제가 있었다. 이미 그들은 내 말을 들어줄 생각이 없다는 것이다. 이미 다 정해진 듯했다. 외과과장이 원장을 제외한 모두를 내보내며 말했다.

"자넨 해고야. 이 엄청난 일에 책임도 져야 할 거야."

"차기 외과과장인 저를 해고라니요? 말도 안 됩니다."

"차기 외과과장? 착각하지 말게. 실력만으로 될 수 있다고 보나? 아무도 자넬 좋아하지 않아. 그런 사람을 위에 앉힌다고? 재수 없는 젊은이한테는 무리야. 정신 차려."

일은 병원에 근무하면서 한 번도 본적 없을 정도로 빠르게 처리되었다. 신문에는 한 젊은 의사의 의료사고로 나왔고, 기자회견까지 했다. 모두 입을 맞춰 나를 몰아세웠고, 나의 저항할 의지를 꺾었다.

몇 번의 조사와 재판 후 나는 의사면허 취소처분을 당했다. 신문에서는 병원의 지시를 거부한 의사의 실수에 대한 마땅한 처벌이라고 대서특필되었다. 덕망 높은 시장을 잃은 여론의 분노도 나의 목을 조였다. 이 모든 과정이 나를 무기력하게 만들었다. 내가 추구하던 모든 것이 무너져 내렸다. 뚜렷했던 삶의 의미마저 희미해졌다.

나는 오랫동안 방치해 엉망인 집을 둘러보았다. 완벽을 추구했던 나한테는 말도 안 되는 광경이었다. 기분전환이랄까 간단하게 청소를 하기로 했다. 그러다 장식대에 다른 사진들에 가려진 사진 하나를 발견했다. 첫 수학올림피아드에서 상을 받을 때 사진이었다. 어린 내가 방긋 웃고 있었다. '저렇게 웃어본 적이 그 이후로 있었나.'

나는 수학을 사랑했다. 수학을 공부할 때는 누구보다 행복했다. 우리 집은 찢어지게 가난했다. 학교도 의무교육이 아니었으면 못 다녔을 것이다. 수학 영재였던 나에게 여러 사람들이 대학 조기 입학이나 유학을 권유했지만, 돈이 없는 부모님은 모두 거부했다. 특히 수학은 돈이 안 된다고 말이다.

"너는 꼭 돈 많이 버는 의사가 되어야 해."

부모님의 입버릇이었다. 그러다 내 이야기가 TV에 방영돼 화제가 되었다. 말도 안 되는 돈이 모금되어 우리 가족에게 전해졌다. 하지만 돈 냄새는 벌레를 몰고 오는 법이다. 늘 도둑과

사기, 협박으로 고통 받았고 아버지는 친구한테 거액의 사기를 당해 다시 가난은 이어졌다. 그 충격으로 아버지는 병상에 누웠고 남은 돈은 의료비로 들어갔다. 그러다 내가 의대 입학할 때쯤 아버지는 돌아가셨다. 어머니도 긴 병 수발로 심신이 약해졌는지 몇 년 후 세상을 떠났다. 내가 수학을 버린 이유가 없어지자, 나는 다른 의미 만들기에 집착했다. '나는 잘했다', '잘 선택했고 행복하다' 이렇게 세뇌해왔다. 근데 지금 이 비참한 모습이 나의 선택의 결과인가.

나는 1이었다. 무엇을 곱해도 곱한 수밖에 될 수 없는, 주위 환경에 내 자신은 없고 나 인적은 한 번도 없는, 나는 1이었고, 여전히 1이다. 오랜만에 자기 푸념에 빠져있던 그때 휴대폰이 울렸다. 워낙 협박전화가 많아 수신을 거부해왔지만 이번엔 무언가에 이끌린 듯 전화를 받았다.

"여보세요. 최석정씨 맞나요. 장기원이라고 하는데."

익숙하지만 오래 전에 잊은 목소리였다.

"장 선배?"

대학시절 수학의 꿈을 완전히 버리지 못해 가입한 수학 동아리에서 만난 선배이자 나의 유일한 친구였다. 둥근 얼굴에 빵빵하고 동그란 코가 특징인 호빵맨 같은 외모로 성격은 부드러웠으며, 무엇보다 수학에 대한 애정과 열정이 나로 하여금 그를 따르게 만들었다. '형'이라고도 부르지만 늘 '선배'를 붙이는 건 그에 대한 나의 존경의 표현이었다.

"잘 지내지? 뭐 신문에서 봤어. 잘 지내냐고 물어보는 것도 이상하다."

나는 말을 하지 못했다.

"내가 대학에서 연구하는 게 있는데 부탁 하나 해도 될까? 사실 얼굴도 보고 싶고."

나는 알았다고 대답했다. 과거회상 중에 나에게 걸려온 전화, 신을 믿지는 않지만 신의 계시라고 생각했다. 나는 아무 일도 없는 것처럼 보이기 위해 엉망진창인 몸가짐을 정리하고 학교로 향했다.

"야, 진짜 오랜만이다."

선배는 나를 보고 환하게 미소 지었다. 나도 모르게 웃음이 나왔다. '코는 여전하네.' 나는 웃음을 억지로 감추고 무심한 척 말했다.

"오랜만이야. 근데 부탁이 뭐야?"

선배는 연구실 안쪽 방으로 나를 데려갔다. 마치 놀이방 같은 곳에 한 아이가 앉아서 종이에 무언가를 쓰고 있었다. 좀 더 가까이 다가가서 보니 종이에 숫자를 마구 적고 있었다.

"선생님 오셨는데 인사해야지."

선배의 말에 그 아이는 쳐다보지도 않고 어눌하게 인사를 했다.

"아…안녕..하..세요."

나는 아이의 행동과 그가 풍기는 분위기에서 정상이 아니라는

것을 느낄 수 있었다.

"이 아이는 뭔데?"

"얘는 흔히 말하는 자폐증이 있는 아이야. 근데 천재야"

"천재라고?"

선배는 의미심장한 미소를 보이며 아이에게 말을 걸었다.

"임학아, 135 곱하기 124는 뭐야?"

"16740."

아이는 자세를 바꾸지 않은 채 대답했다. 1초도 걸리지 않았다.

"그럼, 10124 곱하기 456는?

"4616544요."

역시 바로 답이 나왔다. 선배는 손에 든 계산기를 나에게 들이밀었다.

"저 아이한테는 세상의 모든 게 숫자로 보여. 숫자 천재지."

나는 선배와 그 아이를 번갈아 쳐다봤다. 나의 심장 속에서 오랜 전부터 점점 커지고 있던 뜨거운 무언가가 새어 나오는 것을 느꼈다.


## 2. 2명의 운명이 교차된다

"저 애 뭐야. 자세하게 좀 설명해 줘."

아이 방에서 나온 나는 뜨거운 가슴에서 나오는 감정을 주체하지 못하고 선배를 보챘다.

"이름은 이임학. 열한 살 정도로 추정되고. 말 그대로 서번트 증후군인 아이야."

"아니 좀 더 자세하게. 선배 연구실에 있는 이유라든가 이것저것."

선배는 나의 반응이 재미있다는 듯 미소 짓고는 커피를 홀짝이며 말했다.

"몇 달 전에 있었던 대구 희망고아원 사건 알지?"

들어본 적 있다. 신문에 크게 나서 읽은 기억이 났다. 대구에 있는 큰 고아원에서 학대가 자행되고 있다는 익명의 제보가 들어와 한 시민단체와 방송국 시사다큐팀이 조사한 결과 충격적인 사실이 밝혀졌다. 고아원에서 연간 30명이 넘는 아이들이 사망한 것이다. 폭행과 학대로 사망한 걸로 추정되지만, 경찰은 조사도 안하고 자연사나 사고사로 처리했다는 의혹을 받고 있다. 결국 여러 증언에 의해 진상이 밝혀져 지금은 문을 닫았다.

"임학이도 거기 출신이야. 아는 형님이 대구에서 시민단체 일을 하는 데, 임학의 비상함을 보고 나한테 도와달라고 연락이 왔어. 그래서 보호 겸 연구를 겸해서 여기 있게 된 거야."

"세상을 숫자로 본다는 건 무슨 말이야."

나는 배경을 알아도 풀리지 않는 의문점을 물었다.

"임학이가 서번트 증후군이라는 건 말했지? 나도 대화와 연구를 통해서 안 사실인데 임학이는 세상의 모든 걸 숫자로 기억해. 예를 들어 '의자는 1, 책상은 2'이렇게. 한글도 숫자도 기억하고. 세상의 모든 것을 숫자의 조합으로 이해하고 기억하는 거지"

나는 경악을 금치 못했다. 서번트 증후군에 대해선 잘 알고 있다. 자폐증 등의 뇌 기능에 장애를 가지고 있지만, 하나의 전채성을 동시에 갖는 사람은 말한다. 하지만 정확한 원인은 규명되지 않았다. 아무리 천재라고 해도 세상을 숫자로 본다는 건 믿기 힘든 말이었다. 0과 1로 이루어진 여러 정보를 변환해 우리가 이해 할 수 있게 보여주는 컴퓨터처럼 숫자를 뇌에서 변형해서 현실을 인지한다는 것이다. 게다가 모든 걸 숫자로 기억한다는 건 엄청난 자릿수의 숫자조합들을 다 기억한다는 말이 된다. 이게 가능이나 한 건가?

"정말 사실이야? 가능 한 거야?"

선배는 사뭇 진지하게 말했다.

"내가 예전부터 늘 했던 말 기억해? 숫자를 역대 최고의 발명품이라고 부르는 사람들이 있는데 틀렸다고. 숫자는 우주가 태어날 때부터 존재했어. 숫자는 발명된 게 아니라 발견된 거야. 이 아이는 그것을 볼 수 있는 거고."

그 말을 듣곤 나는 유리창 너머의 아이를 한참 동안 바라봤다.

"아, 그리고 보니 부탁을 말 안했네. 너가 저 아이의 선생님이 되어줘."

"선생님?"

방금 전까지의 충격이 아직 가시지도 않았는데 나는 또 다른 충격을 받았다.

"응. 임학이가 숫자에는 익숙한데 수학적인 지식은 거의 없어. 학대 받아서 그런지 마음에 상처도 많고. 마음을 안 열어. 조금만 가르치면 좋은 수학자가 될 거 같은데 어떻게 뭘 가르쳐야 할지 잘 모르겠어. 천재의 마음은 천재가 더 잘 알 거 같아서 말이야."

선배는 남은 커피를 다 털어놓고 말을 이었다.

"너 아직도 수학 좋아하지? 대학교 동아리에서 너만큼 행복하게 문제를 푸는 애는 없었다. 너한테 있었던 일은 참 유감이야. 실력 있는 의사였는데. 이제 솔직하게 꿈을 따라갈 생각 없어? 적지만 연구비도 나올 거야. 마음 내킬 때, 일주일에 두세 번도 괜찮아. 어때? 해볼래?"

나는 선배의 얼굴을 한번 보고, 한 동안 땅만 쳐다보며 생각했다. 해야 되나, 말아야 되나를 고민하는 게 아니었다. '내 꿈이 뭐였지?'라는 질문을 스스로에게 계속 하고 있었다. 너무 오래돼서 이름조차 가물가물한 초등학교 시절 첫사랑을 만나는 느낌이었다. 아련했던 그 당시 느낌은 남아있지만 정말 사실이었던가 하는, 꿈에서 깬 후 꿈의 내용을 생각하는 듯 희미했다. 자의든 타의든 나의 꿈은 의사였고, 최고의 의사가 되는 것이 목표였다. 적어도 최고가 되었을 때 나는 행복해 했을 것이다. 하지만 그것은 거짓 행복일 수도 있다. 수학을 좋아했던 것은 사실이다. 지금도 좋아하지만 과연 다시 수학을 하면 행복해질까? 어렸을 때 장난감 가지고 놀 때 행복했다고 지금 해도 행복할까? 자신이 없었다.

"수학을 하면 정말 행복해질까?"

나의 뜻밖의 질문에도 선배는 당황하지 않고 예상했다는 듯 대답했다.

"고민할 필요도 없을 것 같은데. 1 더하기 1은 2고, 2 더하기 2는 4야."

나는 선배의 말을 이해하곤 정말 오랜만에 환하게 웃었다. 1 더하기 1은 2다. 증명하려고 고민해봤자 머리만 복잡해진다. 계산을 끊임없이 하다 보면 1 더하기 1이 2라는 게 가슴에 와닿게 된다. 혹자는 반복학습의 결과물이라 말하지만, 가슴에 와닿지 않으면 절대로 자연스럽게 쓸 수 없다. '내 꿈이 맞을까'하는 문제 역시 반복해서 풀지 않으면 절대 답을 알 수 없다는 걸 깨닫고 나는 조용히 고개를 끄덕였다. 자존심이 높은 나 같은 사람한테 안 어울리는 고민이었고, 고민할 필요도 없었다.

"불가능할 것 같은 어려운 문제도 의외로 간단한 수식들을 조합하면 쉽게 풀 수 있잖아. 이게 수학의 묘미고 그래서 풀 때 행복한 거잖아. 근데 수학을 풀면서 행복하다니 너나 나나 변태야."

나는 몇 년 만에 소리 내어 웃었다. 신은 있는 걸까. 없다고 의심조차 안하고 단정했던 내가 의심을 품게 되었다. 선배를 만난

게 마치 신의 구원의 손길 같다.

"자세한 건 나중에 정하고. 일단 임학이 프로필 같은 것을 줄게."

나는 꽤 두꺼운 서류를 받았다.

"잘 부탁해. 연구대상이지만 무엇보다 인간이니까 다시 사회에 나갈 재활훈련이 필요하거든."

부끄럽지만 나는 서류 첫 장의 프로필을 보고 나서야 눈치를 챘다.

"이임학이라, 어디서 들어봤다고 생각했는데 유명한 수학자랑 이름이 같네."

"응, 태어났을 때부터 고아라서 희망고아원에서 맡겨졌는데, 이름을 고아원 측에서 임의로 지었대. 근데 참 잘 어울리는 이름이야. 자, 이제 인사부터 할까?"

선배는 나를 데리고 다시 방으로 들어갔다. 아이는 아직도 종이에 숫자를 마구 적고 있었다.

"임학아, 이제부터 너의 선생님이 될 분이야. 인사해야지. 이 선생님은 머리가 엄청 좋으니깐 뭐든지 물어봐."

나는 조심스럽게 아이에게 다가갔다. 아이는 나와 눈을 한번 마주치더니 다시 고개를 돌렸다. 내가 먼저 인사를 했다.

"이름은 최석정, 잘 부탁한다."

나는 손을 내밀어 악수를 청했다. 하지만 아이는 손과 내 얼굴을 멀뚱멀뚱 쳐다봤다. 그러곤 다시 고개를 종이를 향해 돌렸다.

"처음부터 마음을 열기 힘들 수 있어. 석정아 나가자 밥이나 먹자고."

선배는 내가 무안해할걸 걱정해 말을 했다. 뭐 나한테는 늘 있던 일이니 괜찮았다. 고개를 돌려 선배를 쳐다보고 손을 빼려는 순간 아이가 내 손을 잡았다. 나는 돌렸던 고개를 다시 바로 했다. 아이가 나의 눈을 똑바로 쳐다보고 있었다. 우리는 한 동안 말없이 그렇게 있었다.

나는 나의 손과 가슴이 다시 뜨거워지는 것을 느꼈다. 우리의 운명이 교차되고 있는 느낌이었다.

### 3. 3일만 맡아줘

"에취!"

먼지가 코를 간질여 다소 경망스럽게 재채기를 했다. 선배와의 만남 후 집에 돌아와 남은 청소를 했다. 늘 티끌 하나 없이 꼼꼼히 청소해왔던 나였지만, 한곳만은 먼지가 소복하게 쌓일 정도로 오랫동안 방치했다. 가까이하기도 꺼려했다는 게 더 맞는 표현일 것이다. 그 곳을 이제서야 청소를 했다.

먼지를 어느 정도 치우니 책의 제목들이 좀 더 뚜렷하게 보였다. 창고로 쓰던 방 안쪽으로 더 들어가 문을 열면 나오는 한 평 남짓한 공간, 어렸을 때 받은 수학과 관련한 상장과 트로피,

내가 나온 방송과 신문기사들, 그리고 공부했던 수학책들을 보관해놓은 곳이다. 이것들을 보면 의사의 길을 가는데 마음이 흔들릴 것 같아 멀리했지만 차마 버릴 수 없었다. 그래서 액자 하나만 장식대 깊숙이 숨겨놓고 나머지는 이곳에 가둬둔 것이다.

나는 '수학의 정석'을 집어들었다. 결심했을 터인데 손이 떨려왔다. 하지만 이제는 쓸데없는 집착을 버리고, 하고 싶은 대로 해도 된다는 걸 깨닫자 손떨림이 멈췄다. 나는 책을 펼쳐 전체를 대충 훑은 후, 다른 책으로 손을 옮겼다. 선배가 가벼운 마음으로 하라고 말했지만, 사람을 가르치는 일인데 설렁 설렁 하긴 싫었다.

전공서적 등 여러 책을 살펴보니 또 다른 불안감이 엄습했다. '내가 좋은 선생이 될 수 있을까?'라는 문제를 풀어야 했기 때문이다. 이 문제의 답은 늘 가까이 하기 꺼려했던 이 방처럼 무의식적으로 기피했던 과거의 기억들을 되돌아보니 풀 수 있었다.

초등학생 때, 나의 천재성을 알아본 선생님이 있었다. 백미정 선생님. 아직도 이름을 기억하고 있다. 아무것도 모르는 어린아이에게서 어떻게 가능성을 봤는지 아직도 의문이다. 그녀는 나에게 수학을 권했고, 경시대회에 나가게 하는 등 많은 지원을 해줬다. 수학은 돈을 못 번다고 반대한 부모님을 마지막까지 설득했고, 내가 학교를 떠난 후에도 지원을 계속했다.

스위스의 수학자 요한 베르누이가 천재수학자 레온하르트

오일러의 천재성을 알아보고 수학의 길을 걸을 것을 권하고 제자로 키우지 않았다면 그는 그냥 평범한 목사가 됐을 것이다. 나도 그녀가 없었다면 그냥 가난한 아이였을 것이다.

제자가 숫자라면 스승은 수학기호다. 사람들은 나의 논문을 자기 것으로 속이려고 한 교수처럼 사람들은 수학기호가 더 중요하다고 착각한다. 수학기호는 숫자를 좀 더 빛나고 화려하게 활용되게 도와주는 역할일 뿐이다. '수학기호 같은 선생'. 이것이 내가 찾은 답이다. 고민이 끝나자 나는 본격적으로 수학책을 읽기 시작했다.

나의 경험을 바탕으로 임학의 상태를 고려해 커리큘럼을 짜고 있었다. 그때 갑자기 휴대폰이 울렸다. 모르는 전화번호 였다. 깜빡하고 선배의 휴대폰 번호를 저장하지 않은 것을 후회했다. 두려운 마음으로 통화를 누르자 선배의 목소리가 들려왔다.

"미안한데 3일만 애 좀 봐줘."

뜬금없었다.

"3일 동안 봐달라고?"

"급한 일이 있어서 그래. 3일 동안만 너의 집에서 보내게 하면 안 될까?"

선배의 목소리는 다급했다. 늘 여유로운 성격의 선배에게는 드문 일이었다. 그의 목소리는 나마저 당황스럽게 만들었고, 얼떨결에 나는 허락했다.

"응, 알았어."

"그럼 내일 아침 10시에 보자."

선배는 전화를 끊었다. 어디서 만나는지도 안 알려주는 약속도 있나? 아무리 생각해도 선배답지 않았다. 그런 의문을 안고 내일 아침을 맞이했다. 오전 8시, 어제와는 다른 번호로 전화가 왔다.

"지금 바로, 학교 뒤 편의점."

전화는 바로 끊어졌다. 나는 급하게 그곳으로 향했지만, 선배는 다시 공중전화로 전화를 걸어 만날 장소를 바꿨다. 이런 상황이 몇 번이고 이어졌다.

"역 앞 햄버거 집."

이 전화가 마지막이었다. 매번 다른 공중전화로 오는 연속의 전화에 지쳐가던 나는 역 앞 패스트푸드 가게로 향했다. 자리를 잡자 가게 유리창 너머로 생소한 차가 멈춰 섰다. 정확히는 보이지 않았지만 차에 탄 사람은 주위를 두리번거리며 경계하는 듯했다. 그러다 차문이 열리고 초췌한 몰골의 선배와 모자를 눌러쓴 아이가 내려 가게로 들어왔다. 차 안에는 아이가 한 명 더 있는 것 같았다. 손을 든 나를 보자 선배는 나를 가게 뒷문 쪽으로 데려갔다. 선배의 얼굴은 굳어져 있었다.

"뒷문으로 나가서 지하철 타고 가. 다시 전화할 테니까 그때까지 연구실엔 절대 오지마. 전화도 하지 말고."

선배는 내 손에 모자를 눌러 쓴 임학의 손을 쥐어주곤 자리를 떠나려고 했다.

"선배!"

"미안하다. 자세한 건 나중에 얘기할게."

선배는 이 말을 남기고 빠르게 자리를 떠났다. 나도 곧장 집으로 향했다. 임학의 손을 무의식적으로 꼭 잡아 손이 땀으로 축축해졌지만 그것조차 느끼지 못했다. 집으로 가는 동안 이 특수 작전의 의미를 생각했다. 선배의 다급한 표정이 머리 속에서 떠나질 않았다. 집안으로 들어와 임학을 거실 소파에 앉히고 나서야 모든 정신이 정상으로 돌아왔다. 일단 집에 데려오긴 했지만 내가 어린애를 싫어한다는 걸 뒤늦게 깨달은 것이다.

아이들은 비논리적이다. 아이들은 자신의 비논리적인 감정이나 흔히 말하는 직감을 충족시켜주지 않으면 끝까지 고집을 부린다. 이것이 어렸을 때부터 내가 가지고 있는 생각이다.

초등학생 때도 주변 아이들은 나의 논리적이고 천재적인 두뇌를 따라오지 못했고, 나 또한 다른 아이들을 이해하지 못했다. 그러다보니 자연스럽게 인간관계에서 나는 동떨어지게 되었다. 그것은 나를 끝없는 외로움 속을 걷게 했고, 나는 필사적으로 그 외로움에 적응하려 애썼다. 지금 생각해보니 아이를 싫어하는 것이 내 과거의 트라우마일 수도 있겠다 싶었다. 싫어하는 게 아니라, 두려워하고 있는 지도 모른다. 아무리 임학이 천재라고 해도, 아이니까 똑같을 것이다.

나는 경계하듯 거리를 두고 임학의 옆에 앉았고 한동안 어색한 분위기가 계속 됐다.

"저, 화장실…"

긴 침묵을 깬 건 임학이었다. 나는 임학을 화장실로 데려 갔다. 임학이 볼일을 볼 사이 나는 어떻게 해서든 상황을 바꾸어보려고 펜과 노트를 가져왔다. 임학은 화장실에서 나와 다시 소파에 앉았다.

"소수라고 아니?"

아이를 다뤄 본 적 없어 어떤 식으로 말해야 될지 몰라서 내가 할 수 있는 한 최대한 상냥하게 노트와 펜을 건네주며 말했다. 임학은 고개를 저었다.

"소수는 자기 자신과 1을 제외하고는 어떤 수로도 나눠지지 않는 수이야. 예를 들어 2는 1로 밖에 안 나눠지니 소수고, 4는 1 이외에 2로도 나눠지니 소수가 아닌 거야."

임학은 알았다는 듯 고개를 끄덕였다.

"그럼 그런 수를 낮은 수부터 차례대로 적을 수 있겠니?"

임학은 노트에 거침없이 숫자를 적기 시작했다. 몇 분 지나지도 않았는데 벌써 4자릿수 소수를 쓰고 있었다. 고대 그리스 때부터 여러 유명수학자들이 쌓아놓은 지식을 이미 자연스럽게 이해하고 있었다.

"그래 그거야. 이제 그만 써."

아이는 소수 쓰는 것을 멈추고 노트를 넘겨 다른 숫자들을 메모하듯 쓰기 시작했다.

역시. 아니, 상상 이상으로 대단한 아이임을 나는 감지했다.

일단 임학을 쉽게 해놓고 선배에게 받은 아이의 프로필을 다시 정독했다. '진짜 수학을 좋아서 하는 걸까?' 재능이 있다고 해서 좋아한다고 단정할 수 없다. 내가 천재의사였어도 행복하지 않았던 것처럼 말이다. 이날 밤은 선배에 대한 일과 아이에 대한 여러 생각을 정리하느라 잠을 이루지 못했다.

다음날, 소파에서 잠이 든 아이가 깼다. 집에 있는 음식으로 대충 아침을 때우고 다시 소파에 나란히 앉았다. 아이는 무서우리만치 얌전했다. 정말 다행이라 생각했지만 한편으론 학대, 어린 나이에 혼자가 된 충격 때문일 수 있다는 생각에 착잡했다. 내가 또 다시 수학이라는 이름으로 그를 학대하고 있는 건 아닐까? 나는 노트에 무언가를 적고 있는 아이를 향해 물었다.

"수학이 좋니?"

아이는 고개를 살짝 들어 날보곤 고개를 끄덕였다.

"왜 좋아?"

임학은 시선을 돌려 한참 멈춰 있다가 입을 열었다.

"수학은 정직하잖아요."

나는 이 아이를 지금까지 나의 회생의 기회나 실험대상으로 생각하고 있었는지도 모른다. 하지만 임학의 이 말에서 나는 어렸을 때 순수했던 나와 상처 입은 현재의 나를 합쳐놓은 것 같은 동질감을 느꼈다. 애정이 생겨난 것이다.

나는 의욕이 다시 넘쳐흐르는 것을 느꼈고, 아이에게 새로운 것을 알려주려고 책을 가지러 갔다. 그때 휴대폰이 울렸다.

"최석정씨 맞습니까? 경찰입니다."

경찰? 시장의 죽음에 대한 처벌이 아직 남았나? 온갖 생각이 들어 대답을 흐렸다.

"장기원씨 아시죠?"

선배의 이름이 나오자 묘한 안도감과 더 큰 불안감이 함께 엄습했다.

"네, 선배한테 무슨 일 있습니까?"

"장기원씨가 오늘 연구실에서 자살했어요. 여러 가지 물어볼게 있는데 가능하면 경찰서로…"

뒤에 말은 들리지도 않았다. 내 주위의 모든 것이 0이 된 기분이었다.


### 4. 4통의 메시지

급하게 경찰서로 향했다. 임학을 혼자 두고 나오는 게 마음에 걸렸지만 그 아이가 감당하기엔 너무 거대한 슬픔일 것 같았다.

접수 데스크의 경찰에게 이름과 용건을 말하자, 기다렸다는 듯 어디선가 검정색 정장을 입은 덩치 큰 남자가 나타나 나에게 말했다.

"이리로 오시죠."

그는 경찰서 깊숙한 곳 지하에 있는 방으로 나를 인도했다. 그곳에는 같은 검은 정장을 입고 앉아있는 작은 덩치의 남자가 있었다. 그 남자는 노트북 화면을 응시하고 있다가 내가 들어오자 노트북을 살짝 덮으며 나를 맞이했다.

"에헴, 최석정씨 반갑습니다. 저는 특수수사본부의 박정주 형사라고 합니다. 에헴."

그의 가느다란 목소리나 생김새는 검은 생쥐를 떠오르게 했다.

"요즘 형사들은 검은 정장을 입습니까?"

"에헴, 뭐 신경 쓰실 것 없습니다. 일단 동행해주셔서 감사합니다. 에헴, 그럼 형식상 몇 가지 물어보고 바로 본론으로 들어갔습니다. 장기원씨 자살에 대해 몇 가지 여쭈어볼게 있어서요."

남자는 간단한 나의 신상을 묻고는 사건의 흐름을 말했다.

"흠, 장기원씨는 어젯밤 자신의 연구실에서 목을 매 자살했습니다. 오늘 아침 청소부에 의해 발견되었습니다. 사망추정시간은 오늘 오전 6시정도로 추정하고 있습니다, 에헴. 그럼…"

"잠깐만요. 진짜로 장기원이라는 사람이 자살한 게 맞습니까?"

나에게 무언가를 물어보려고 하는 검은 생쥐의 말을 잘랐다. 그는 언짢다는 표정으로 헛기침을 몇 번했다.

"그렇습니다. 그러니까…"

"못 믿겠습니다. 자살할 사람이 아닙니다. 시신을 보여주세요."

다시 말을 잘랐다. 그는 앉은 상태로 뒤에 서있는 덩치 큰 남자에게 손짓을 해 귓속말을 하더니 크게 헛기침을 하고 말을 했다.

"뭐, 믿기 힘드시겠죠. 흔히 있는 일입니다. 따라오시죠. 에헴."

검은 생쥐는 정장의 덩치들과 경찰복을 입은 경찰 한명을 대동해 나를 경찰서 바로 옆에 위치한 시립병원 지하의 시체 보관실로 데려갔다. 무거운 문이 열리자 그곳에 선배의 시신으로 추정되는 시체가 흰 천으로 덮여있었다. 동행한 경찰이 천을 벗기자 싸늘한 시체가 된 선배가 드러났다. 예상은 하고 있었지만 그보다 더 큰 충격이었다. 나는 멍한 표정을 짓고 말을 했다.

"어? 장기원 선배가 아닌 거 같습니다."

경찰과 다른 사람들은 어이없다는 표정과 흔히 있는 일이라는 듯한 표정이 섞인 얼굴로 말했다.

"최석정씨, 시신은 근육경직으로 생전의 모습과 다릅니다. 에헴, 그리고 최석정씨가 충격을 받아 무의식적으로 부정해서 그런 것 일겁니다. 장기원씨의 시신이 확실해요."

"저도 잘 압니다. 그런데 아닌 것 같습니다. 기회를 주신다면 좀 더 자세히 보고 싶습니다."

나는 경찰에게 장갑을 요구했다. 정장 남자들은 수군거리더니 떨떠름한 표정으로 나에게 장갑을 줬다. 나는 장갑을 끼고 시신에 가까이 다가가면서 연기하고 있던 멍한 표정을 풀었다.

천재적인 두뇌를 가진 전직 의사인 내가 선배의 얼굴을 못 알아보는 건 절대 있을 수 없는 일이다. 내가 자존심을 버리면서까지 연기를 한 이유가 있다. 모든 상황을 계산해본 결과, '이상하다'라는 결론을 내렸기 때문이다.

나는 시신의 팔다리를 조심조심 여러 군데 눌러봤다. 근육

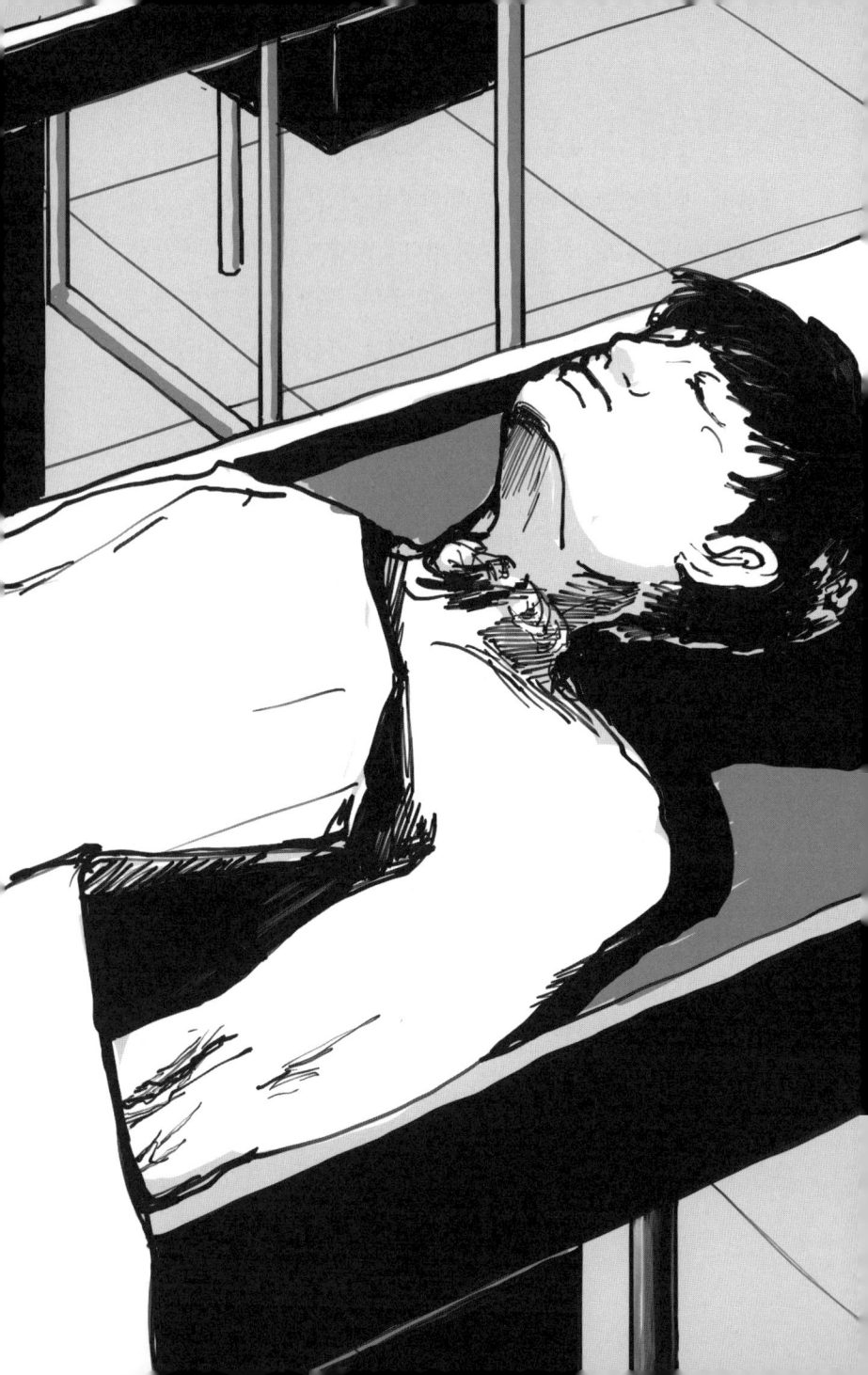

경직 상태를 보면 사망추정 시간은 새벽 2시, 형사가 말한 시간과 4시간 차이가 난다. 아직 부검하기 전이고, 사망한지 얼마 안됐기 때문에 사망시간에 오차가 날수도 있지만 4시간 차이는 고의적이라고 밖에 생각할 수 없다.

나는 선배의 목을 봤다. 목에 난 선명한 밧줄 자국, 이것이 직접적인 사망원인이겠지만, 자국으로 숨기려 했던 후두부를 가격당한 흔적이 자살이 아님을 말해준다. 그리고 얼굴이나 팔에 난 상처를 보면 반항을 했단 뜻이고, 결정적으로 손끝에 난 상처는 누군가가 뒤에서 밧줄로 목을 조를 때 필사적으로 반항했다는 증거다.

나는 이쯤에서 시신에 손을 뗐다. 오래 걸리면 사체를 검안하고 있다는 걸 들킬 수 있다. 나는 2분도 채 걸리지 않은 짧은 시간에 최대한의 정보를 얻어냈다. 선배는 누군가와 혈투 후, 후두부를 가격당하고 쓰러졌지만 의식은 남아있었고 그 누군가가 선배의 목을 밧줄로 졸라 발버둥 치던 선배를 자살로 위장시켰다. 나와 같은 천재 의사가 아니더라도 쉽게 추리할 수 있을 것이다.

"믿기는 싫지만 선배가 맞는 거 같습니다."

나는 장갑을 벗어주며 최대한 슬픔 표정을 지었다. 경찰이 쥐고 있는 시신정보를 흘깃 훔쳐보니 내가 검사한 결과의 수치랑 많이 달랐다. 왜 저들은 숫자를 속이려고 하는 걸까? 왜 자살로 위장해야 했을까?

검은 생쥐는 나를 다시 원래 있었던 방으로 데려가 노트북

앞에 앉았다.

"흠, 확실해져서 다행입니다. 이제 아까 물어보려 했던 것을 마저 하죠."

검은 생쥐는 사진 한 장을 내게 내밀었다.

"이 아이 보신 적 있습니까?"

예상한대로 임학의 사진이었다.

"아이요?"

"네, 장기원씨 연구실에 있던 아이인데 사건 전에 행방이 묘연해서요."

"저는 잘 모르겠습니다."

그는 알 수 없는 표정을 했다.

"에헴, 알겠습니다. 수고하셨습니다. 흠, 이만 가보세요. 다시 연락드리죠."

경찰서로 돌아온 나는 정장 덩치들을 뒤로 한 채 내 차로 향했다. 나는 시동도 걸지 않고 핸들을 잡고 큰 심호흡을 몇 번했다. 선배는 누군가에게 위협을 받고 있었다. 그들은 임학을 노리고 있음이 틀림없다. 선배는 다른 사람의 차와 휴대폰, 공중전화를 이용해 추적을 피했고, 임학 또래의 조카로 추정 되는 아이에게 같은 옷을 입혀서 헷갈리게 만들면서 나에게 임학을 맡긴 것이다.

집에 있을 임학이 떠올라 급하게 시동을 걸어 집으로 향했다. 시간이 그리 오래 되지는 않았지만 혼자 있는 게 걱정이 됐다.

운전 중 틈틈이 뒤를 보니 역시나 미행이 붙은 것 같다. 혹시나 해서 경찰서와 그 주변의 차량번호를 죄다 외워놨는데 그 중 한 차량이 계속 따라온다.

"경비아저씨 검은 양복 입은 사람이나 수상한 사람이 오면 절대 들어오지 못하게 막아주세요."

"걱정 마세요."

나는 아파트 입구 경비실에 앉아있는 경비원에게 신신당부를 하고 집으로 올라갔다. 대문을 열고 들어가니 앞에 임학이 멀뚱멀뚱 서 있었다. 선배는 이 아이를 위해 목숨을 버렸다. 그리고 정체를 알 수 없는 검은 정장들도 이 아이를 노리고 있다. 아이가 뭐 길래 이러는 걸까? 나는 아이에게 저녁을 먹게 하고 혼자 임학의 프로필을 다시 펼쳤다.

어젯밤, 자고 있는 아이 옆에서 프로필을 정독했었다. '수학과 장기원 교수와 뇌과학연구실의 공동연구'라는 제목의 보고서도 첨부되어 있었다. 뇌CT사진 등 임학의 뇌를 정밀하게 분석하려는 노력이 보였다. 왜 이렇게까지 자세하게 분석하려 했는지 의아해 하며 프로필을 몇 장 더 넘겼을 때, 4통의 쪽지가 붙어있는걸 발견했다. 첫 번째 쪽지에는 이임학, 두 번째는 '35, 48, 18, 128, 30, 36', 세 번째에는 '3427-9780=?', 그리고 마지막 쪽지에는 8이라는 숫자가 적혀있었다.

한동안 고민했지만 결론을 내지 못했다. 하지만 선배가 죽은 지금 이 쪽지는 중요한 단서이자 복잡한 문제를 풀 수 있는 공식임이 틀림없었다. 첫 번째 쪽지는 임학과 관련돼 있다는 뜻으로 넘어가고, 두 번째 쪽지의 여섯 숫자가 무슨 뜻인지 알아보려 노력했지만 막연해 쉽지 않았다. 그때 밥을 다 먹은 임학이 내가 쥔 쪽지를 보고 한마디 했다.

"35.805, 128.510"

나는 그 말을 듣고 이 쪽지의 뜻을 이해했고 휴대전화로 검색을 했다. 그때 누군가 집 문을 심하게 두드렸다.

"최석정씨 잠시 문 좀 열어 보시겠습니까!"

인터폰 카메라로 보니 검은 정장을 입은 남자들이었다. 나는 임학을 방으로 밀어 넣고 '절대 나오지 말라'고 한 뒤 현관문을 조심스레 열었다.

"무슨 일이죠? 아까 경찰서에서 다 말한 것 같은데."

"아이를 찾고 있습니다. 이름은 이임학이고요."

"아까도 말했지만 모른다고…"

그때 이름에 반응했는지 방문이 살짝 열렸고 임학이 얼굴을 살짝 내밀었다.

"아, 조카가 놀러와 있습니다."

나는 최대한 자연스럽게 임학이 있는 방으로 다가갔다. 그리고 정장 남자들을 흘깃 살펴본 후 아이를 들어 안고는 현관문으로 달렸다. 정장 남자들의 몸을 밀치고 계단을 뛰어 내려갔다.

사람을 갑작스러운 행동으로 당황시키면 의외로 많은 시간을 벌 수 있다. 1층 아파트 입구까지 도달하자 경비실이 눈에 띄었다. 도움을 청하려고 경비실에 다가갔지만 의자에 힘없이 앉아있는 경비아저씨만 있었다. 조심스레 맥을 짚어봤다. 역시나 경비아저씨는 죽어 있었다. 정장 남자들이 죽인 게 확실했다.

계단에서 나는 '우당탕' 소리에 빨리 자리를 떠났다. 급하게 나오긴 했지만 다행히 열쇠와 지갑은 가지고 있었다. 나는 경찰서에 갔던 차가 아닌 다른 차로 가 올라탔다. 조수석에 앉은 아이는 많이 놀란 표정을 하고 있었다. 본의 아니게 시체도 보았고 지금 이 상황이 뭔지 이해하기 힘들 것이다. 나는 임학의 두 손을 꼭 잡고 눈을 보며 말했다.

"나쁜 사람들이 임학이를 잡아가려고 하고 있어. 하지만 걱정마. 선생님이 꼭, 반드시 지켜줄게. 선생님만 믿어."

임학이가 조금은 진정된 것 같아서 나는 차를 후문으로 몰아나갔다. 두 번째 쪽지의 '35, 48, 18, 128, 30, 36'은 35°48' 18.0N 128°30' 36.0E 이다. 이걸 좌표로 바꾸면 35.805, 128.510, 즉 대구 희망고아원의 좌표다. 이 숫자들이 모든 진실로 인도해줄 것이다. 나는 대구로 향해 차를 몰아갔다.


## 5. 5십년 전 그날

추격을 이리저리 피해가다 보니 5시간이나 걸려서야 대구에 도착했다. 나는 휴게소로 들어가 주차장 가장 구석에 차를 세웠다. 나와 임학이는 신발도 신고 있지 않았다. 사람들 눈에 안 띄는 곳에서 신발을 사야 했고, 새벽 3시가 다돼가는 늦은 시간이라 휴식도 필요했다. 나는 밖에서 최대한 보이지 않게 하기 위해 어느새 잠이 든 임학의 등받이와 내 등받이를 뒤로 눕히고 시동도 꺼버렸다.

주위를 둘러보니 이상한 낌새는 느껴지지 않았다. 잠시 차밖에 나가 임시로 신을 신발과 음식을 사다 놓을 생각이었다. 하지만 장시간 맨발로 운전해서 그런지 의자에 등이 붙은 듯 몸이 움직이지 않았다. 이참에 잠시 휴식을 취할 생각으로 자동차시트에 조금 더 힘을 실어 기댔다. 지금까지 너무 무리했다. 나는 한쪽 팔로 눈을 가렸다. 팔이 눈물로 젖어오는 것이 느껴졌다.

얼마 전까지만 해도 나는 1등 외과의사였다. 그런데 내가 수학을 버리면서까지 쌓아 올린 모든 것이 한 순간에 0이 되었다. 게다가 내가 수학을 다시 하도록 구원해준, 내가 믿는 1명뿐인 친구이자 가족 같은 사람을 잃었다. 그는 나를 다시 1로 만들어주었지만 자신이 0이 되어 나조차 다시 0으로 돌아갔다. 지금 나는 사람을 아무렇지 않게 죽이는 이상한 단체에 쫓기고 있고, 남은 것이라고는 옆에서 자고 있는 아이 1명뿐이다. 나는 아무도 모르게 조용히 눈물만 소맷자락까지 젖을 정도로 흘린 후, 차에 있는 휴지로 얼굴을 대충 훔쳤다. 그리고 깜빡 잠이 들어버렸다.

깜짝 놀라 깨서 시간을 보니 2시간 정도가 지나있었다. 나는 아이를 확인하고 다시 몸을 눕혔다. 정신이 맑아진 느낌이었다. 나는 선배가 남긴 쪽지들을 지긋이 바라봤다. 선배는 내게 처음 전화해 선생님을 부탁했을 때부터 이미 무언가를 알고 있었을지도 모른다. 그는 나에게 도움을 주는 동시에 도움을 청한 것이다. 어쩌면 자신이 죽을 걸 알고 있었을지도 모른다. 그러면서까지 이 아이와 그에게 엮여있는 진실을 지키려고 한 것이다.

선배는 나에게 숫자를 남겼다. 그 숫자는 내가 이 상황을 헤쳐 나갈 수 있는 무기이자 선배 그 자체다. 숫자를 다루는 것에서는 누구도 나를 따라올 자가 없다. 게다가 서번트 증후군 수학천재인 아이까지 있다. 그들이 누구든 어떤 식으로 공격해오든 이길 자신감이 샘솟았다.

나는 쪽지만 한참 보다 해가 고개를 내밀 때 차 밖으로 나가 음식과 임시로 신을 슬리퍼를 샀다. 임학이 잠에서 깬 아침 8시가 지나서야 본격적으로 움직이기 시작했다. 위치상 곧바로 희망고아원으로 가는 것이 가까웠지만 무턱대고 가기에는 너무 위험했다. 일단 대구 시내로 이동해 신발부터 해결했다. 슬리퍼 같은 걸 신어서는 만일의 상황에 제대로 달릴 수 없어 운동화를 샀다. 최대한 CCTV에 안 잡히도록 노력하고 현금으로 계산했다.

신발가게 근처 공중전화로 전화번호를 눌렀다. 선배가 남긴 세 번째 쪽지에 적힌 '3427-9780=?'는 학창시절 수학동아리 방에서 많이 하던 장난이었다. 비상연락망으로 동아리 방

화이트보드에 적어놓은 전화번호들을 국번이나 통신사 번호를 지운 후 뺄셈으로 계산을 하는 장난이다. 나와 선배는 누가 빨리 푸나로 점심내기를 하기도 했다. 전화번호인줄 모르고 신입생이 다 지워버린 적도 있었다. 간단한 암호지만 경험이 없으면 전화번호인지 모르는 의외로 어려운 암호인 것이다. 신호음이 몇 번 울리자 걸쭉한 목소리의 남자가 전화를 받았다.

"네, 대구 시민사회연대 오규섭 입니다. 누구시죠?"

그는 경상도 사투리를 최대한 억제한 말투로 말했다.

"저는 최석정이라고 합니다. 장기원씨의 후배고 지금 이임학 군이랑 같이 있습니다. 지금 대구인데 여쭈어보고 싶은 게 있는데 시간 괜찮으신가요?"

그는 잠시 생각하는가 싶더니 대답했다.

"대구 중앙로 역으로 오시면 마중 나가겠습니다."

나는 약속장소로 차를 몰았다. 임학은 첫날 내가 준 노트와 펜을 손에 들고 있었다. 내가 그를 안고 뛸 때부터 가지고 있었나 보다. 아이는 노트를 보더니 내게 물었다.

"서.. 선생님.. 소수는 어떨 때 쓰는 거예요?"

그는 내가 가르쳐준 소수의 활용을 신경 쓰는 듯했다.

"소수의 수학적 활용은 무궁무진해서 일일이 설명하기엔 시간이 걸리고, 일상생활이라면 문자를 암호화하거나 해독하는 복호화를 할 때 키 같은 역할로 쓰이지."

솔직히 나의 대답은 그의 수준에는 이해하기 어려울 수도 있지만 상황상 자세히 설명할 수 없음이 안타까웠다.

"암호.. 암호.. 암호.."

갑자기 임학의 얼굴이 굳어지며 같은 말은 반복하기 시작 했다. 왜 그러는지는 알 수 없었지만 그 상태가 점점 심해지는 것 같아 한 손으로 그의 손을 꼭 잡았다. 그러자 임학이는 원래 상태로 돌아왔다. 중앙로 역 근처 공중전화에서 다시 전화를 걸었다.

"내 곧 가겠습니다. 사거리의 커피숍 앞에서 뵙죠."

오규섭은 걸걸한 목소리로 대답했다.

커피숍에서 조금 떨어진 곳에 자리를 잡고 염탐하듯 차 안에서 주위를 두리번거렸다. 시간이 조금 흐르자 덩치가 크고 수염이 덥수룩한 남자가 핸드폰을 만지작거리며 누군가를 찾듯 두리번거렸다. 나는 차에서 나와 그에게 말을 걸었다.

"오규섭씨 되십니까? 전화했던 장기원씨의 후배 최석정이라고 합니다."

"아, 반갑습니다. 허허허."

그는 겉모습과 어울리게 걸걸하게 웃었다. 살집은 있지만 키도 덩치도 큰 씨름선수 같은 체형으로, 파마를 한 긴 머리와 얼굴 절반 정도는 덮은 덥수룩한 수염은 산적이라는 말밖에 안 떠오르게 했다. 하지만 그의 순수한 미소는 역시 시민사회단체 사람이라는 것을 믿게 만들었다.

"오, 임학이, 오랜만이야. 건강하지?"

그는 내 차에 타자마자 임학을 보고 사람 좋게 웃으면 인사했다. 아이는 고개를 살짝 끄덕였다. 그는 역에서 5분 거리에 있는 사무실로 우리를 안내했다. 다행히 사무실에는 사람이 없었다. 우리는 회의실로 들어갔다.

"오늘 행사가 있어서 다들 거기 갔습니다. 앉으세요."

나는 이 곳에 있는 시간조차 불안했다. 그래서 빨리 말을 꺼냈다.

"장기원 선배에게 임학이를 소개시켜준 게 오규섭씨 당신이 맞습니까?"

그는 미소를 지으며 대답했다.

"취조하듯 말하시네. 그냥 대표님 정도로 불러주소."

그는 내게 커피를 권하며 말을 이었다.

"맞아요. 제가 전화를 해삐렀지."

그는 임학에게는 사탕을 주었다.

"왜 선배에게 전화했죠?"

"이 아가 아주 비범해요. 처음 우리가 맡았을 때, 이면지에 그림을 그리라고 줬는데, 뒷면에 있는 기부금 정리한 것을 내가 보는 앞에서 암산하더라고. 그래서 기원이한테 도움을 청했지."

나는 어두운 표정으로 말했다.

"선배는 어제 죽었습니다. 자살했다고 하는데 제가 직접 조사해본 결과로는 살해된 것 같습니다."

그는 내 말에 미소를 지우고 커피를 내려놓았다.

"이럴 줄 알았어. 당신이 찾아올 때부터 예상했어."

선배는 죽기 전에 내 얘기를 한듯했다.

"제가 알고 싶은 것은 희망고아원입니다. 누군가가 임학이를 노리고 있어요. 선배가 남긴 쪽지에도 희망고아원이 중요한 실마리라고 써 있어요."

"희망고아원이라… 참 할 얘기가 길어지겠어."

그는 심호흡을 몇 번하더니 이야기를 시작했다.

"희망고아원이 지어진 건 50년 전이요. 국가의 지원을 받아 대구 가톨릭재단에서 한국 최대 고아원을 설립한 것이 그 시작이지. 그때부터 아이들에 대한 학대가 시작된 거요. 우리 조사에 따르면 연간 30명이 넘는 아이들이 학대로 죽었고, 더 이상한 건 경찰에서는 자연사나 사고사처리가 됐다는 거지."

"어떻게 종교단체 시설에서 그런 일이 있을 수가…"

"50년 전이 어떤 시대인줄 알죠? 독재가 시작되던 시기, 대통령에게 잘만 보이면 뭐든 가능했던 시기였으니깐 가능했지. 모든 가톨릭 교구들이 독재반대성명을 발표했는데, 대구교구만 일찌감치 대통령에 굽실거리고 유착관계를 맺었지. 그래서 엄청난 지원을 받았고. 학대로 사망해도 숨길 수 있었겠지. 그것이 50년 후인 지금도 이어지고 있다는 게 어이없고 놀라운 거지."

"내부고발로 학대사실이 알려졌다는데 누군지 아십니까?"

"제보한 사람이 누군지는 아무도 몰라. 내부고발자는 법으로 지켜야 되니깐."

"임학에 대해서는 아는 게 없습니까?"

나는 지금 일어나는 일이 오래 전부터 이어져왔을 수도 있다는 생각을 하며 임학이에 대해 물었다. 그는 곰곰이 생각하다 기억났다는 듯 말했다.

"아, 희망고아원에 이상한 것이 몇 가지 있어요. 지나치게 자폐아가 많다는 거지. 한두 명도 많은 편에 속하는데, 희망고아원은 절반 정도가 정신이상이나 자폐아였어요. 그 중에 임학이가 가장 정상이었어. 또 하나, 다들 머리에 상처가 있었어."

그는 잠시 회의실 밖으로 나가더니 사진더미를 들고 와 탁자에 펼쳤다.

"다들 학대를 받았으니 그럴 수 있는데, 다들 똑 같은 장소에 상처가 있다는 건 이상하지 않아?"

나는 급하게 옆에 앉은 임학의 머리를 보았다. 사진과 정확히 똑같은 장소에 상처가 있었다. 사진과 임학을 번갈아 가며 보다가 자리에서 벌떡 일어났다.

"희망고아원으로 직접 가봐야겠습니다. 감사합니다."

나는 임학의 손을 잡고 회의실로 나왔다. 사무실을 나가려는데 대표가 나를 잡았다.

"희망고아원이 폐원되면서 지금은 함부로 못 들어가요. 잠깐 내가…"

그때 사무실에 틀어져있던 TV에서 뉴스가 나왔다.

"뉴스 속봅니다. 어젯밤 강남의 한 아파트에서 경비원이 살해당하는 사건이 발생했습니다. 시신에서 나온 지문으로 경찰은 범인을 서울시장 의료사고를 낸 외과의사 최씨로 추정하고 수배를 내렸습니다. 최씨는 또한 여덟살 소년 이임학을 납치하고 있는 것으로 알려져 충격을 주고 있습니다."

TV에 내 사진과 임학이 사진이 대문짝만하게 나왔다.

"경찰은 이들을 발견하면 신속하게 신고하라고 당부했습니다."

나는 대표와 눈을 마주쳤다. 5초가 5일 같이 느껴졌다.


### 6. 6명의 악마

당황해서 모든 세상이 5초 정도 멈춘 듯하다가 6초가 지나는 순간 모든 것이 해동되듯 움직였다. 나는 재빠르게 사무실을 나가려고 했다. 그때 대표의 손이 내 팔을 꽉 잡았다.

"놓으세요! 제가 안 죽였습니다. 시간이 없어요."

손을 뿌리치려고 했지만 산적 같은 덩치와 외모에 걸맞은 엄청난 힘으로 잡고 있어 움직이는 것조차 쉽지 않았다. 그는 한쪽 팔로는 나를 감싸고 다른 쪽 팔에는 아이를 안고 옥상으로 올라갔다. 옥상에 도착하자 나를 던지듯 놓고 임학을 안은 채로 옥상 문을 잠갔다. 그리곤 휴대전화를 꺼내 어딘가로 전화를 했다.

"오늘 오후 행사 참가 못하겠다. 일이 좀 생겨갔고. 아, 그리고 희망고아원 들어가서 볼게 있는데 출입 가능한가? 응, 알았어. 잘 부탁해."

그가 전화를 마치고 아이를 내려놓자 아이는 내게 달려와 등 뒤로 숨었다.

"저는 선생님을 믿어요. 일단 저희 단체 차에 타서 얘기 마저 합시다."

그는 우리를 데리고 건물주차장으로 향했다. 그가 지나치게 두리번거리며 주위를 살피는 게 더 수상해 보인다고 생각했지만 말을 참았다. 시민사회연대라고 코팅된 승합차 뒷좌석에 우리를 태운 그는 뒤를 돌아보며 말했다.

"기원이가 당신 얘기를 몇 번했어요. 믿을 만한 사람이고 따뜻한 사람이라고. 그리고 뭔가 큰 위험이 자기를 노리고 있다고 말했어요. 내한테도 검은 정장의 사람들이 왔었지. 나는…"

그는 마지막 말을 흐리더니 다시 말을 이었다.

"내가 희망고아원에 들어가게 도와드리겠소. 근데 아이들의 상처에 뭔가 있죠? 그래서 급하게 나간기고."

나는 그를 완전히 믿지 못했지만 딱히 방도가 없어 도움을 받기로 결심하고 그의 물음에 답했다.

"모든 아이들이 학대당했다고 해도 머리의 정확히 일치하는 곳에 상처가 있는 건 말이 안돼요. 그건 수술자국이에요. 제가 뇌수술 전문의라서 잘 압니다. 그렇게 작은 상처밖에 안내고 뇌수술을 할 수 있는 건 꽤 출중한 실력을 가진 전문의 뿐입니다.

고아원에 있는 주치의 정도로는 100% 불가능해요."

내 말을 다 들은 대표는 차에 시동을 걸었다.

"좌석 뒤 트렁크에 현수막이 있어요. 등받이 접고 현수막 끌어당겨 밑에 숨어있어요."

나와 임학은 그의 지시대로 현수막 더미에 몸을 숨긴 후 고개만 살짝 내밀었다. 모두 긴장했는지 차가 달리는 꽤 오랜 시간동안 침묵이 이어졌다. 그러다 대표가 긴장이 풀렸는지 입을 열었다.

"그곳에서 무슨 일이 있었는지 임학이가 답을 말해주면 좋을 텐데, 물어봐도 통 대답을 안해요. 학대에 대한 충격이 컸나 봐요. 애가 얌전해서 그렇지 엄청난 트라우마를 안고 있어요."

나는 임학을 한 번 쳐다보고 머리를 쓰다듬으며 말했다.

"수학에서 문제를 풀 때 답을 안보고 푸는 게 정정당당한 방법이고, 답안지를 문제집에서 뜯어내거나 상처를 주지 않는 방법이죠."

그는 내가 한 말의 의미를 생각하는 듯 보였다. 나는 그가 이해할 시간을 기다려주지 않고 말했다.

"도와주는 건 감사합니다만 굉장히 위험합니다. 목숨도 잃을 수도 있어요."

"알고 있소. 그래도 속죄하는 마음으로 최선을 다해 도와드릴 겁니다."

그는 마른 침을 삼켰다.

"사실 저한테도 선생님이 말한 형사라는 검은 양복의 남자들이 왔었소. 나는 뭣도 모르고 서울에 있다고 알려줘 버렸지. 다행히 정확한 위치를 몰랐고 바빠서 대충 넘어가서 기원이를 찾는데 시간이 걸렸을 테지. 어찌 보면 내가 기원이를 죽인 셈이지."

핸들을 잡은 그의 손이 부들부들 떨렸다. 나는 위로하는 것조차 조심스러워져 하지 못했다.

"이제 왔습니다. 현수막 밑에 완전히 숨어요."

차가 속도를 줄이는 게 느껴져 고개를 들어 주위를 살피다 희망고아원 입구에서 경찰이 다가오는 걸 보고 급히 숨었다.

"여기는 관계자 외 출입금지입니다."

퉁명스러운 목소리로 경찰이 말했다.

"아, 저는 오규섭이라고 합니다만."

대표가 이름을 말하자 경찰의 목소리가 밝아졌다.

"아이고 못 알아봐서 죄송합니다. 차량 코딩보고 설마 했는데. 저희 형님이 신세 많이 지고 있습니다."

"뭘요. 오히려 제가 도움 많이 받고 있어요."

"그래도 몸 불편한 사람하고 일하시는 게 힘드실 텐데."

경찰의 말에 대표는 껄껄 웃었다.

"몸이 뭔 상관입니까. 성실하고 착하면 최고지. 그리고 형님이 뿌듯하시겠네. 동생이 이렇게 훌륭한 경찰이라서."

"과찬이십니다. 형님 부탁 받아 허가증 미리 준비해놨습니다."

달그락 소리가 나는 것으로 보아 허가증을 꺼내는 모양이었다.

"괜히 고생시켜 미안합니다. 한두 시간만 조용히 돌아보고 갈게요."

대표의 '수고하십쇼'라는 말과 함께 차가 다시 움직였다.

"주차장에 다 왔습니다."

그의 말에 고개를 내밀었지만, 저 멀리 검은 정장의 남자들이 오는 것을 보고 급하게 다시 숨었다.

"여기 들어오시면 안 됩니다."

사투리 억양이 없는 걸로 보아 나를 쫓는 사람임이 틀림없었다.

"허가증 받았는데요."

허가증을 찰랑찰랑 흔드는 소리가 났다.

"혼자 왔습니까?"

"보소, 누가 있나."

사람은 당황하게 되면 공격적으로 변한다. 지금 대표가 조금 전과 다르게 공격적인 말투를 쓰는 것이 그가 당황했다는 것을 말해주는 듯했다. 하지만 검은 정장의 다음 말에 나조차도 이성을 잡고 있기 힘들어졌다.

"뒷좌석 좀 열어보세요."

"당신이 뭔데 이래라 저래라 야. 잉? 국정원 사람이 왜 여기서 난린데."

그에게 검은 정장 남자들이 신분증을 보여준 모양이었다. 보통 형사는 아닐 줄 알았지만 국정원이라는 말에 나는 더욱더 놀랐다.

"덜컹"

뒷좌석 문이 열리는 소리가 났다.

"뭐하는거냐고!"

대표의 고함과 함께 현수막이 스르르 움직이는 소리가 났다. 임학의 입을 막았다.

"아무것도 없네."

문이 닫히는 소리와 함께 발소리가 멀어졌다.

"야, 이 싸가지 없는 것아. 사과는 하고 가라 인마."

다행히 걱정돼 트렁크 깊숙한 곳까지 넘어가 있어서, 살짝 들춘 것만으로는 보이지 않은 것 같았다. 대표는 한동안 거친 욕설을 하더니 우리에게 말했다.

"와, 심장 떨어지는 줄 알았네. 갔어요. 나오세요. 바로 건물로 들어가면 아무도 없을 거요."

나는 현수막을 거두고 다시 뒷좌석으로 넘어왔다. 이제 재빠르게 차에서 나와 건물로 들어가면 되지만 고민에 잠겨 움직이지 못했다.

"빨리 갑시다."

대표의 말에 나는 그를 다시 차 안으로 불렀다. 그리고 진지하게 부탁했다.

"임학이를 데리고 숨으세요. 저 혼자 갈게요."

"무슨 소리요."

대표에게 내 생각을 말했고 한동안 우리의 작전회의가 이어졌다. 그렇게 작전을 맞추고 나는 마지막 유언 같은 인사를 했다.

"대표님 감사했습니다. 임학이 잘 부탁합니다. 1시간 정도 차에 계시다 돌아가세요."

그는 말없이 고개를 끄덕였다.

"임학아, 선생님이 돌아오면 더 많은 것 알려줄게."

아이에게 말하고 차에서 나가려고 했다. 그때 임학이 말했다.

"선생님은 1이에요."

나는 행동을 멈추고 뒤를 돌아 아이를 보았다.

"소수에도 1은 늘 옆에 있어주잖아요. 선생님은 1이에요."

아이를 꼭 안아주고 차에서 내려 건물로 들어갔다. 층별 시설안내판을 찾았다. 이 큰 건물을 하나하나 다 돌아볼 수 없는 노릇이니 최대한 효율적으로 움직여야 한다. '지하 2층 역사자료실'이 눈에 띄었다. 지하로 내려가자 그곳을 쉽게 발견할 수 있었다. 잠겨있으면 어쩌나 생각했지만 다행히 열려있었다. 조심스럽게 문을 열었다. 내가 원하는 것은 창립시설자료였고, 찾는데 많은 시간이 걸리지 않았다. 나는 쾌쾌한 냄새가 나는 책을 열었다.

'창립자 배성운 신부'와 '주치의 겸 관리자 6명- 임창우, 조경운, 조용태, 김준성, 송연주, 강현우'의 흑백사진이 실려 있었다. 나는 왠지 이 여섯 명에게서 엄청난 공포를 느꼈다. 그렇게 창립앨범을 보는데 책 사이에 끼어있던 종이가 툭 떨어졌다. 오래되어 변색된 종이는 설계도였다. 설계도를 계속

보니 뭔가가 번뜩 떠올라 층별지도를 보았다. 이 건물은 50년 전 건축 이래 리모델링만 했다. 그럼 지금하고 같은 모양을 하고 있을 터인데 지하 1층 보건실 쪽만 과거 설계도와 모양이 달랐다. 분명 존재하지 않는 방이 있는 것이다.

나는 지하1층 그 장소로 갔다. 역시나 눈에 잘 띄지 않는 곳에 문이 있었다. 심호흡을 했다. 이 방에 모든 진실이 있을 것이다. 문손잡이를 돌리려는 순간 누군가 뒤에서 내 머리에 검은 천 봉투 같은 걸 씌웠다. 발버둥 쳐봤지만 소용없었다. 서서히 정신이 희미해지고 있었다. 주마등이라는 것이 보이기 시작했다. 임학이, 장선배, 대표, 엄마, 아빠. 입에선 계속 '미안해'라는 말만 나왔다.

얼마나 지났을까 나를 의자에 앉히는 것이 느껴졌고 눈앞이 밝아졌다. 코앞에 검은 생쥐가 있을 것이라고 예상했지만, 여든 살은 족히 되어 보이는 노인과 그의 양 옆에 덩치의 정장 남자들이 있었다.

"많이 놀랬나?"

나는 어이없어 하면서 그에게 다가가려 했지만 덩치 남자들이 강제로 앉혔다.

"장난치지 말고 빨리 죽여. 임학이는 포기하고."

그는 힘겹게 웃으며 말했다.

"착각을 한 모양이군. 나는 임창우라고 하네. 어디서 들어 본적 있지?"

방금 전에 본 희망고아원 창립 맴버인 주치의 6명 중 한 명의 이름이었다.

"당신이 선배를 죽이고 임학이를 노린 거군요."

"난 국정원인가 뭔가가 아니야. 뭔가 이상한 것 못 느꼈나? 자료실 문이 열려있고 사람은 없고, 설계도는 왜 거기 끼어져 있었을까? 난 진실을 알려주려고, 또 도움도 주고 청하려고 자네를 불러들인 걸세."

나는 성급했던 자신을 원망하며 까칠하게 말했다.

"당신이 뭘 하는지 모르겠지만 진실을 안다면 어디 말해 보세요. 왜 임학이를 노리는 겁니까?"

그는 긴 이야기를 시작하려는 듯 숨을 크게 들이마셨다.

"50년 전 나는 촉망 받는 의사였네. 실력만큼은 최고라고 생각했지. 그런데 어느 날 지금 자네처럼 납치를 당했네. 정신을 차리고 보니 나를 포함해 6명의 젊은 의사들이 어떤 방에 있었네. 그때 누가 들어온 줄 아나? 대통령이었어. 그는 우리 한 명 한 명에게 악수를 하고 자리에 앉았네. 그리고 다른 사람이 브리핑을 했지. '초인 프로젝트'. 말 그대로 초인을 만드는 프로젝트를 하라는 것이었어. 첫 번째가 천재를 만드는 일이었지. 뇌에 전기나 화학약품으로 자극을 줘 사람의 지능을 무한히 높이려는 거야."

나는 예상보다 거대한 진실을 마주한 기분이었다.

"근데 문제가 있었어. 뇌에 자극을 얼마나 줘야 되는지 몰랐어.

그 수치를 알기 위해선 많은 실험을 해야 됐지. 동물보다 확실한 게 임상실험이지 않나. 뇌의 성장에 따라 변할 가능성이 큰 어린이들이 대상이었어. 그래서 만들어진 것이 희망고아원이네."

복잡한 문제가 풀려나가고 있었다.

"처음엔 다들 아이들을 실험대상으로 삼는 걸 꺼려했네. 하지만 그 시절에 대통령 말을 거부하면 어떻게 되는지 알고 있지 않나. 억지로 하다 보니 모두 감정이 둔해지고 진짜 악마가 되어갔어. 이 일에 관련된 사람들은 우리를 '6명의 악마들'이라고 불렀지. 매년 수많은 아이가 죽어갔어. 하지만 경찰은 사고사나 자연사 처리를 해주더군. 고아한테 얼마나 세상이 관심을 가져주겠나. 뭐 독재시절이라서 가능한 것도 있었지."

"실험은 잘 진행 됐어 근데 한 가지 문제가 생겼어. 지능을 올렸는데 뇌기능이 손상돼 자폐증이나 정신이상을 보이는 거야. 우리는 고민하며 수많은 아이에게 실험을 했지. 그때 큰 사건이 터졌어. 대통령이 저격당한 거야. 우리는 끝날 줄 알았지만 군사쿠데타와 여러 사건으로 우리 존재는 감춰졌고 지원도 계속되었어. 우리는 점점 독자적인 기구가 되어갔어."

그는 숨을 한 번 더 고르더니 말을 이었다.

"프로젝트 이름까지 서번트 프로젝트로 바뀌었어. 천재를 만드는 수치를 찾아가는 동시에 엄청난 수의 사망자와 자폐아, 그리고 서번트 증후군 아이들이 나왔지. 그렇게 지금이 되었네.

6명의 악마 중 대부분은 늙어 죽었어. 나는 계속 이곳에 있었지. 악마 짓을 계속했어. 그때 한 아이를 만났어. 나를 잘 따르던 아이. 그 아이가 죽자 나는 정신이 돌아왔어. 내가 한 짓을 후회했어."

"네 후회를 하든 말든 상관없습니다. 임학이는 정체가 뭡니까?"

나는 그에게 엄청난 분노를 느꼈다.

"그 아이는 내 사죄의 방법일세. 임학이는 최고의 완성품이야. 서번트 증후군이긴 하나 자폐증 정도가 약해서 일반인 수준이야. 지금의 정부는 노골적으로 내 연구에 관여하려고 했고, 자료 일체를 넘기길 원했지. 그들에게 수치를 넘기면 더 많은 희생자가 나온다는 것을 나는 알았네. 한 아이에 의해 정신이 돌아온 나는 지금까지 연구했던 자료와 수치를 모두 잠그고 비밀번호를 설정했어. 8자리 숫자의 암호로 한번이라도 틀리면 모두 복원할 수 없게 깨끗하게 지워지지. 힌트를 임학이에게 넣어놨어."

"사죄의 의미라고요? 지금까지 수많은 아이들을 죽여 놓고 용서받길 바라는 겁니까? 늙어서 죽을 때가 되니 천국이라도 가고 싶나 보죠? 당신의 사죄 때문에 사람이 또 죽었어. 게다가 임학이도 위험해. 그리고…"

나는 그의 눈을 똑바로 보고 말했다.

"당신 진짜 누구야?"

## 7. 7일 동안 무슨 일

눈부신 햇빛이 눈꺼풀을 뚫고 들어와 마지못해 눈을 살짝 떴다.

'여기가 어디지?'

천천히 주위를 둘러보았다. 흔히 말하는 사진편집 프로그램의 효과를 입힌 것 같이 과도하게 뿌옇고 눈이 부셔 천국에 있는 느낌이었다.

'내가 왜 병원에 있는 거지?'

내가 누워있는 곳은 병실 침대였다. 천천히 몸을 일으켜 세웠지만 지끈거리는 두통 때문에 머리를 감싸며 다시 몸을 눕혔다. 그때 병실 문이 열리며 간호사가 들어왔다.

"어! 환자분, 정신이 좀 드세요?"

"네, 머리가 좀 아픈 것 빼곤 괜찮습니다. 제가 왜 병원에 있죠?"

"선생님 불러올게요. 조금만 기다려주세요."

간호사는 잠시 병실에서 나가더니 의사라는 남자를 데리고 왔다.

"정신이 좀 드셨습니까? 이름이 어떻게 되는지 말해보실래요?"

"최석정, 나이는 33살이고 직업은 의사입니다."

천재의사인 내가 이런 질문을 당하는 것이 불쾌하고 자존심 상해 묻지도 않은 것까지 말해버렸다.

"근데 왜 제가 병원에 있는 겁니까?"

내 질문에 의사는 한동안 고민하더니 되물었다.

"어디까지 기억나십니까?"

나는 곰곰이 기억을 더듬어 나갔다. 기억을 해내려 할수록 머리는 더 아파왔고 그런 두통 사이에 한 가지를 기억해냈다. 나는 힘없이 대답했다.

"서울시 시장님이 수술 후 죽은 기억이 납니다."

"그게 기억나는 가장 최근의 기억입니까?"

말없이 고개를 끄덕이는 나를 본 의사는 한동안 심각한 표정을 짓더니 말했다.

"두부외상으로 인한 기억상실증 같군요. 선생님이 왜 다쳤는지는 모르겠습니다만 병원에 오신지는 7일정도 됐습니다. 날짜를 보시면 아시겠지만 시장님의 죽음도 한참 지난 일입니다."

의사의 말에 당황해 복잡한 머릿속을 정리했지만 두통만 더 심해질 뿐이었다. 그런 나를 배려하려는 것인지 의사는 안정을 취하라는 말을 남기고 간호사와 병실을 나갔다. 의사가 나간 후에도 무언가를 기억해내려고 노력했지만 결국 포기했다. 그래, 내가 늘 환자들에게 했던 말처럼 안정을 취하자. 의사라서 안정의 중요함은 누구보다 잘 알고 있었다.

나는 병실침대에 빨려 들어갈 듯이 온몸에 힘을 빼고 생각도 멈추려고 노력했다. 하지만 한 가지 생각만은 사라지지 않았다. 도대체 7일 동안 무슨 일이 있었던 거지? 이 생각은 조금도 나아가지 못했고, 몸에 힘을 뺀 탓인가 어느새 나는 잠이 들어버렸다.

의사의 부름에 잠을 깼다. 머리는 여전히 지끈거렸지만 몸은 구름에 떠있는 듯 가벼웠다. 시야는 여전히 천국같이 뿌옇고 눈부셨다. 의사는 내 침대 옆에 의자를 놓고 앉았다.
"기억을 되돌리기 위해 몇 가지 질문과 대화를 해봅시다."
나는 이상하게 이 의사에 거부감이 들었지만 일단 시키는대로 해보기로 했다.
"최석정씨 서울시장이 죽은 후에 당신에 관한 뉴스가 많이 나왔습니다. 그것은 기억하시나요?"
"네, 기억이 납니다."
태연한 척 말했지만 더 이상 그 일에 대해 얘기하기 싫었다.
"그때 이래저래 고생 좀 하셨겠군요. 가족이나 친구, 선후배 같은 지인들이 뭐라고 하던가요?"
"가족은 없고, 친구도 없습니다. 음…"
머리가 조금 아파 오더니 이름 하나가 떠올랐다. 장기원 선배. 왜 그의 이름이 떠올랐을까. 생각을 진행시키다 보니 새로운 기억이 나왔다.
"대학시절 선배에게서 전화가 왔었습니다."
의사는 흥미롭다는 표정으로 무언가를 적었다.
"전화내용은 기억나십니까?"
나는 최면이라도 걸린 듯 술술 대답했다.

"네, 선생님이 되어줄 것을 제안 받았습니다. 과목은 수학이고요."

"누구를 가르칠 예정이었죠?"

그의 질문이 이상하다 생각하면서 다시 기억을 더듬어갔지만 도저히 알 수 없었다. 이전과는 비교도 못할 극심한 두통이 찾아왔다.

"아무리 생각해도 기억이 나질 않습니다."

의사는 뭔가 아쉽다는 표정을 짓고는 다음을 기약하며 병실을 나갔다. 나는 편안한 자세로 침대에 누워 병실을 다시 한 번 천천히 둘러보았다. 어디서 많이 본 듯한 익숙한 병실이었다. 내가 근무했던 삼연병원 말고 다른 병원을 가본 적은 몇 번 없다. 삼연병원이 아닌데 이렇게 익숙한 게 신기할 따름이었다. 게다가 왠지 이 병실에서는 슬픔의 냄새가 났다. 그런 생각을 하다가 잠들어 버렸다.

잠에서 깬 후 얼마 지나지 않아 어떻게 알았는지 의사가 병실 문을 두드렸다.

"최석정씨 상태가 많이 좋아졌군요. 기억상실증만 해결되면 바로 퇴원해도 될 것 같습니다. 오늘도 한번 기억을 해보죠."

의사는 차트를 훑어본 후 말했다.

"선배라는 사람하고는 만났습니까?"

"네, 선배 연구실에 가봤습니다."

"그때 누가 있었나요?"

나는 곰곰이 기억해내느라 대답하는데 시간이 걸렸다.

"선배 의외의 사람은 누가 있었는지는 기억이…"

그때 엄청난 두통과 함께 묶여있던 기억의 일부가 새어 나왔다.

"아이, 이름은 이임학인 아이가 있었습니다."

의사는 흥미롭다는 듯 고개를 끄덕였다.

"선배라는 분과 그 아이는 지금 어디에 있을까요?

"선배는 죽었습니다... 아이는 어디 있는지 모르겠습니다."

의사는 몇 번이나 같은 질문을 했고, 나는 같은 대답을 반복할 수밖에 없었다. 의사에게 잠깐의 휴식시간을 요구했다. 의사는 잠시 고민하더니 1시간의 휴식시간을 줬다.

병실을 나왔다. 복도나 건물의 구조는 삼연병원과 유사했다. 병원건물 밖으로 나가 정원 벤치에 앉았다. 살살 불어오는 바람과 포근한 온도 그리고 완벽한 햇빛까지, 내가 병원에서 깨어났을 때부터 지금까지 한결같은 천국의 날씨였다. 내 뿌연 시야는 좀처럼 나아지질 않아 이런 풍경과 날씨를 좀 더 천국처럼 보이게 하고 있었다. 이 모든 것들이 나를 평온하게 해줬지만, 나의 두뇌활동을 저해시키는 것 같았다.

눈을 감고 숫자라도 세면 조금은 나아질까?

'잠깐, 숫자.. 숫자..'

나는 숫자라는 단어에 반응했다. 그제서야 머리가 정상으로 돌아가는 것 같았다.

병실로 돌아와 의사와의 문답을 다시 시작했다.

"휴식을 취하셨으니 마저 해보겠습니다. 최초 신고자에 따르면 최석정씨는 대구에 있었다고 하는 데 거기는 왜 가셨는지 기억나십니까?"

"대구라. 왠지 모르겠지만 고아원에 간 것 같습니다."

나는 확실하지 않아 머리를 긁적대면 말했다.

"누구랑 갔습니까?"

"아이요. 아마 선배의 연구실에서 본 아이 같습니다."

"그렇다면 그 아이는 지금 어디 있죠?"

무언가를 기억해내려 했을 때마다 찾아왔던 두통이 이번엔 좀 더 현실감 있게 느껴졌다. 나의 두뇌는 완전히 제기능을 하기 시작했다. 의사를 보며 씨익 웃었다.

"내가 알려줄 것 같아? 이런 식으로 하지 말고, 현실에서 만나서 얘기하자."

나는 이 말과 함께 눈을 감고 정신을 집중했다.

머리에 느껴지는 고통과 웅성거리는 소리에 눈을 뜨려고 노력했지만, 실눈 정도밖에 떠지지 않았다.

"흠. 거의 다 됐는데 뭐야 이게. 똑바로 안 해!"

"이런 건 처음 봅니다. 약물도 보통보다 많이 주입했고, 기계에도 이상이 없습니다."

들어본 목소리의 남자가 호통을 치자 누군가 당황한 기색이 역력한 목소리로 대답했다.

"스스로 깨는 것은 불가능에 가까운 일입니다."

"그럼 다시 재워! 얼마 안 남았어. 흠"

"하지만 그랬다가는 생명에 지장이 있습니다. 지금도 많이 위험한 상태입니다."

그들의 대화를 들으며 필사적으로 눈을 뜨려고 노력했다. 그렇게 눈을 뜨는 것에 성공하면서 흐릿한 시야의 초점이 맞아갔다.

내 눈앞에 펼쳐진 광경은 진짜 현실인지 헷갈리기까지 했다.

흰 가운을 입은 사람들이 수많은 모니터에 표시된 수치와 내 것으로 보이는 CT사진을 보고 있었다. 검은 생쥐는 나이가 들어 보이는 흰 가운을 입은 사람에게 악을 쓰고 있었다. 나는 치과에서 쓰는 것 같은 의자에 손과 팔이 묶인 채 앉아있었다. 머리에는 심이 박힌 듯했고 엄청난 수의 전선이 연결되어 있는 무언가를 쓰고 있었다.

그때 검은 생쥐는 악을 쓰는 걸 멈추고 내가 다가왔다.

### 8. 8 Numbers

"또 만났네요."

나는 가까이 다가온 검은 생쥐를 보며 웃었다. 그는 약이 잔뜩 오른 표정을 지었다가 다시 여유로움을 되찾은 표정으로 말했다.

"흠. 하하. 머리 움직이지 마, 뇌가 박살날 수 있으니까."

그는 얼굴을 더 가까이 들이밀었다. 가까이서 보니 더 생쥐 같았다.

"근데 현실이 아닌 건 어떻게 알았지?"

"내가 쓰고 있는 기계가 무엇인지나 먼저 말해 봐요."

나의 역질문에 검은 생쥐의 얼굴이 잠시 굳어졌다 다시 돌아왔다. 그는 얼굴을 뒤로 빼며 말했다.

"개발 중인 기계지. 흠, 사람은 뇌만 만지면 다 현실이라고 믿지. 두개골에 작은 구멍을 뚫고 철심 같은 로봇을 집어넣어 뇌를 자극해 기억을 조작하고 현실감 넘치는 가상현실을 경험시키는 거지. 에헴, 뇌파로도 자극하고 특수약물까지 먹이면 더욱 현실같이 느끼게 만들 수 있지. 주로 기억을 조작하거나 자백을 받을 때 쓰지. 시간이 아주 절약되지. 현실의 1분이 꿈에서는 1일처럼 느껴지거든. 흠, 조금만 더 했으면 그 꼬맹이가 있는 장소를 알 수 있었을 텐데. 이제 내 질문에 대답이나 해. 어떻게 알았어?"

퍼즐이 맞춰지듯 두통을 비롯해 내가 겪은 일들이 이해가 되기 시작했다. 그리고 자꾸 나에게 반말을 하는 검은 생쥐가 아니꼬워 반말을 쓰기로 마음먹었다.

"내가 있었던 병실을 어디서 봤다 했더니 아버지가 입원하고 돌아가셨던 병실이었어. 아마 기억을 조작하고 이미지를 두뇌에 전송할 때 내 기억의 일부를 써서 그렇겠지. 병원 자체도 삼연병원과 일반병원 이미지가 합쳐진 형태였고. 내 뇌는 세계 최고라 너희들이 건드릴 수 있는 게 아니거든."

나는 검은 생쥐를 자극하기 위해 거들먹거렸다. 그는 의외로

게임에서 이긴 사람처럼 여유로웠다.

"흠, 엄청난 방어기제야. 꼬맹이에 관한 기억을 찾아보려고 해도 도저히 못 찾겠더군. 네가 꼬맹이에 대해 기억을 못했던 것도 그 이유겠지. 에헴. 대단해 그거 하나는 인정할게."

검은 생쥐는 흰 가운에게 손짓하더니 내 머리에 씌워진 장치를 제거하라고 명령했다. 내 두개골이 봉합된 후, 나는 그에게 물었다.

"국정원에서 이런 실험도 하나?"

"국정원 소속으로 돼있지만 우리는 독자적인 기구야. 의료나 생명공학 관련실험이 주 목적이고."

"6명의 악마들의 임창우 영감도 거기 소속인가?"

그는 뭐가 기억이 났다는 듯 웃으며 물었다.

"그 노인이 진짜가 아닌 건 어떻게 안거야?"

"목소리가 너무 젊었고 피부상태도 부자연스러웠어. 천재 의사를 특수 분장으로 속이려고 한 게 잘못이야. 근데 진짜는 어디 있지?"

"죽었어. 흠, 우리에게 지금까지의 연구 자료를 넘기기로 한 날 암호를 걸어놓고 학대다 뭐다 신고해버리고 잠적해버렸어. 찾아내서 고문했어. 네가 앉아있는 기계로 이 쪽지와 임학이라는 이름은 받아냈지."

그가 살짝 보여준 쪽지에는 복잡한 식과 숫자가 쓰여 있었다. 아무리 나라도 저걸 풀려면 한 달은 걸릴 것 같았다.

"더 캐내려고 했는데 혀 깨물고 자살하더라고. 집을 뒤져보니 유언도 있었어. 사죄한다고. 그걸로 널 속이려고 했는데 아쉽게 됐지. 웃기지 않아? 사죄할거면 그냥 지우면 되는 데 암호를 걸어놓다니. 에헴, 아마 지금까지 연구한 게 아까웠던 것이겠지."

그가 소리 내서 웃는 것이 매우 불쾌했다.

"흠, 그럼 본론으로 가자. 꼬맹이 어디 있어? 평생 일 안 해도 될 만 한 돈을 줄게 말해. 어차피 꼬맹이는 곧 잡힐 거야. 시간을 단축하고 싶어서 그러니깐 말해."

그는 회유하기 시작했고 나는 입을 다물었다.

"그 수학교수랑 똑같이 나오네."

선배를 말하는 듯했다.

"너무 화나서 죽여 버렸어. 말을 안 들었어. 내가 몇 억을 주겠다고 해도 거부를 하더라고, 미련하게."

선배의 죽음에 대해 가볍게 말하는 그를 분노 가득한 눈으로 쳐다보며 말했다.

"선배를 뭐로 보고. 선배는 억, 조, 아니 더 큰 숫자를 가지고 노는 수학자야. 나도 그렇고. 쓸데없는 말 말고 빨리 날 죽여."

그는 눈에 힘주며 말했다.

"안 죽여. 흠, 넌 쓸모가 있거든."

그때 검은 생쥐의 전화가 울렸다.

"잡았어? 빨리 데리고 와."

아마도 임학이 잡힌 모양이었다. 그는 나에게 생각할 시간을 주겠다고 말하곤 조금 떨어진 의자에 앉았다. 나는 초조하게 시계만 보았고, 얼마 후 덩치 큰 남자들이 아이를 끌고 왔다. 임학이 금방이라도 울듯이 눈을 동그랗게 뜨고 있었고, 덩치 남자들은 그를 컴퓨터 앞 의자에 앉혔다. 검은 생쥐는 임학에게 수식이 적힌 쪽지를 던져줬다. 임학은 그 종이를 멀뚱멀뚱 보고 있었다.

"자, 의사양반, 꼬맹이에게 이 문제를 풀게 해. 시키는대로 하면 좋은 것을 주지."

그는 한쪽 팔을 의자에서 풀어준 후 나에게 종이뭉치를 던졌다.

"서울시장이 죽은 것, 네 탓 아니야. 그게 그 증거고."

그 서류에는 수술하는 동안과 그 이후의 시장의 상태와 여러 진술들이 적혀 있었다.

"흠, 수술을 봉합한 의사가 미숙했는지. 상처가 감염됐고 간호사가 엉뚱한 약물을 놔버려서 죽어버렸어. 우리가 병원을 털어서 알아냈어. 에헴, 고맙지? 넌 자존심이 강하다고 들었어. 불명예를 씻을 유일한 기회야. 아, 물론 아파트 경비원 죽인 것도 우리야. 협조하면 수배도 풀어줄게. 어때?"

달콤한 제안에 잠시 갈등에 빠졌다. 한순간에 무너졌던 모든 것을 다시 세울 수 있다. 다시 '1'이 될 수 있다. 하지만 나는 무언가가 떠올라 마음을 바로 잡았다.

"내가 쓸 데가 있다는 게 이런 의미였군. 임학이를 잡아도 그 아이가 문제를 안 풀면 아무것도 안되지. 내가 임학이를 설득하라는 말이군."

검은 생쥐는 고개를 끄덕였다.

"싫어. 암호가 풀리면 매년 수많은 아이들이 죽을 거야. 나 하나 희생하면 되겠지."

그때 검은 생쥐는 화가 단단히 난 듯 임학의 뺨을 때렸다. 임학은 의자에서 떨어졌고 가슴 쪽 주머니에 있는 펜을 손으로 꼭 감싸며 말없이 눈물만 흘렸다.

"흠, 말 듣는 게 좋을 거야. 말들을 때까지 너나 저 꼬맹이 고문할 거거든. 사람도 쉽게 죽이는데 못할게 뭐 있어. 에헴."

나는 묶인 팔과 다리를 풀려고 미친 듯이 몸부림쳤다.

"이 자식이. 너 그러고도 무사할거 같아?"

"흠, 무사하지. 다 위에서 봐주거든. 이 나라에 대통령보다 강한 사람은 없어. 다 대통령의 지시로 하는 일이라고. 50년 동안 이뤄진 실험이야. 서번트 프로젝트는 계속되어야 해. 고아들 죽는 것 아무도 신경 안 써. 미래를 위한 투자로 생각하라고. 흠."

검은 생쥐는 쓰러져있는 임학에게 다가가 머리채를 잡았다. 나는 한동안 더 발버둥치다가 심호흡을 몇 번하고는 말했다.

"임학이 놔줘. 그래 내가 졌다. 원하는 대로 해줄게. 임학아, 문제 풀고 저 컴퓨터에 입력해 줄래?"

검은 생쥐는 흡족한 표정을 지었고, 임학은 울면서 다시 의자에 앉았다.

"아저씨가 미안해. 눈물 닦아. 한번이라도 틀리면 안 되니까 조심해."

검은 생쥐는 손수건으로 아이의 눈물을 닦았다. 가증스러워 죽여 버리고 싶었다. 임학은 수식이 적힌 쪽지를 골똘히 보더니 컴퓨터에 숫자를 하나하나 입력했다. 선배가 남긴 마지막 쪽지의 내용인 '8'이 의미하는 8자리 비밀번호가 입력되었고, 검은 생쥐는 크리스마스 선물을 뜯으려는 어린 아이 같은 표정으로 엔터키를 눌렀다.

"빠지지직."

컴퓨터에서 이상한 소리가 나면서 연기가 나기 시작했다. 연기는 점점 심해졌고 불꽃이 일며 컴퓨터는 화염에 휩싸였다. 검은 생쥐의 얼굴은 심하게 일그러지더니 분노한 악마같이 변했다.

"이 새끼들이 날 속여!"

그는 품에서 권총을 꺼내 들었다. 그리고 방아쇠를 당기려는 순간, 방문을 부수고 무장한 한 무리의 특수경찰들이 들어왔다.

"꼼짝 마. 당신을 불법 무기소지 및 살인혐의로…"

경찰은 누구를 체포해야 하는지 헷갈리는 듯 보였다. 경찰들은 일단 나를 의자에서 풀어줬고 검은 생쥐의 총을 뺏었다. 그 후 나와 검은 생쥐의 손목에 수갑을 채웠다.

"이거 놔 내가 누군 줄 알고. 나, 박정주야, 박정주. 국정원 비밀특수요원이라고."

경찰은 귀찮다는 듯 무시했다. 그는 억지 미소를 지으며 말했다.

"최석정, 이임학, 너희들 죽인다. 바로 무죄로 풀려 나올 거고 그땐 니들 제삿날이야."

나는 임학에게로 가서 가슴 주머니에 있는 펜을 꺼내 들었다.

"이게 뭔 줄 알아? 펜 캠코더인데 녹화, 녹음도 되고 핸드폰으로 실시간 전송도 가능해."

모든 것이 작전대로 흘러갔다.

나는 희망고아원에 들어가기 직전 대표에게 말했다.

"임학이를 데리고 숨으세요. 저 혼자 갈게요."

"무슨 소리요."

대표는 어이없다는 듯 말했다.

"상대는 거대한 조직입니다. 이렇게 무턱대고 가다가는 다 죽을 겁니다."

"그럼 어떡해야 되는 겁니까."

대표는 막막하다는 표정으로 말했다.

"정체를 세상에 알려야죠. 잠입수사처럼 말이죠."

대표는 좋은 생각이 났다는 듯 조수석의 글로브박스를 열어 펜을 내게 꺼내 줬다.

"펜은 왜 주죠?"

"이게 펜처럼 보이지만 사실 캠코덥니다. 녹음, 녹화 다

되고 실시간으로 핸드폰으로 전송도 해줘요. 우리 단체에서 잠입취재할 때 가끔 쓰는 겁니다. 근데 이건 뭐지?"

대표는 방금 열었던 글로브박스 봉투 하나를 꺼냈다. 봉투를 열어 종이를 꺼내 읽더니 기억났다는 듯 말했다.

"이거 그거네. 희망고아원 제보 받았을 때, 내부고발자가 희망고아원의 화원에 뭐가 있다고 해서 팠는데 이 봉투가 나왔어요. 내용은 숫자만 써 있고 뭔지 몰라서 여기 넣어놓고 까먹었네."

나는 무례하지만 그가 들고 있는 종이를 빼앗았다. 숫자가 마구 쓰여 있었다. 숫자들의 띄어쓰기나 줄 나눔 상태로 봤을 때 글자 대신 써놓은 게 확실했다.

"이거 어디서 많이 봤는데… 임학이 노트!"

임학의 노트를 펴보았다. 이 숫자조합들은 임학에게는 글자였다. 나는 임학에게 종이를 주며 읽어보게 했다.

"반월당 역… 대구은행. 금고…"

나는 목욕탕에서 부력을 알아낸 아르키메데스처럼 흥분하며 말했다.

"작전이 생각났습니다. 일단 저는 저대로 행동하겠습니다. 시간을 끌어보겠습니다. 대표님은 임학이를 데리고 도망다니세요. 그러다 검은 정장들에게 잡힐 것 같으면 임학이를 버리고 도망가세요. 이 펜 캠코더는 임학이가 가지고 있게 할게요. 그러는 것이 의심을 덜 받죠. 대표님은 은행금고 가서 내용물을 찾고 임학이가 보내는 영상들을 인터넷에 올려주세요. 아마 금고에는 이 사건의 진실이 담겨있을 겁니다. 그것도 언론이나 인터넷에 폭로해주세요. 아, 또 하나. 펜 캠코더의 영상을 보면 대충 위치를 알 수 있을 겁니다. 그곳으로 경찰을 불러주세요. 제 이름을 말하고 수배자가 총을 가지고 있다고 특수경찰을 보내달라고 해줘요. 일반경찰보다는 검은 정장들에게 매수당했을 가능성이 적으니."

대표는 중대한 임무를 맡은 군인처럼 진지한 얼굴로 고개를 끄덕였다. 나는 임학이에게 말했다.

"임학아. 이 펜 꼭 여기 넣어둬."

나는 임학의 가슴 쪽 주머니에 펜을 넣었다. 선배가 남긴 쪽지를 보면 임학이가 무언가 알고 있다. 아마 '8'과 관련된 숫자이거나 8자릿수일 것이다.

"임학아. 이임학은 천재적인 수학자였어. 국가가 버린 수학자였지만 리군이론을 만들어 유한단순군의 분류에 큰 공헌을 했어. 나중에 내가 너에게 문제를 풀게 하거나 숫자를 치라고 시킬 수 있어. 그때 너는 누구의 말도 듣지 말고 뭐가 옳은 일인지 분류해야 돼. 만약 숫자를 알려줘 누군가가 죽게 될 수 있다면, 엉뚱한 숫자를 알려주는 거야. 알았지?"

나는 수갑을 찬 채 검은 생쥐에게 펜 캠코더를 보여주며 놀린 후, 다시 임학이 주머니에 넣었다. 나는 임학이를 꼭 안았다.

"잘했어 임학아."

임학이도 나를 안았다.

우리의 폭로로 이 사건의 진실이 세상에 드러났다. 은행금고에 들어있었던 건 예상대로 사진이 첨부된 50년 동안의 서번트 프로젝트 실험일지였다. 그 자료는 온 국민들을 분노시키기 충분했고, 촛불에 불을 붙였다. 바람이 불어도 촛불은 꺼지지 않았고 시위는 계속 되었다.

나의 명예도 회복되었다. 삼연병원은 진실을 속인 것을 비난 받았고, 관련된 모든 사람들이 재판을 받았다. 물론 그 실력 없는 장준현 선생도 포함해서 말이다. 병원에서는 내가 복귀하길 원했지만 난 거절했다. 내가 하고 싶은 것을 하기로 선배와 약속했기 때문이었다. 나와 임학이는 엄청난 유명세를 탔다. 영웅취급을 받았지만 그것도 금방 사그라들었다.

8년이라는 시간이 흘렀다.

강의실 문을 열자. 떠들던 학생들이 하나 둘 조용해졌다.

"안녕하십니까. 오늘은 본격적으로 수업을 시작하기 전에 앙케이트 하나를 할 겁니다. 종이를 줄 테니. 수학이 왜 좋은지 쓰세요."

학생들은 종이에 이유를 적기 시작했다.

"아, 제 이름을 말 안 했군요. 저는 최석정, 수학과 교수입니다.

수업이 끝난 후 나는 연구실에서 학생들의 앙케이트 답을 보고 있었다. 그때 누군가가 문을 두드렸다.

"제가 수학을 좋아하는 이유는 정직하기 때문입니다."

어디 들어본 듯한 말에 고개를 들었다. 거기에는 한 청년이 서있었다.

"잘 지내셨어요?"

나는 환하게 웃었다.

"언제 한국 들어왔어? 연락은 하고 와야지."

"어제요. 가끔 서프라이즈도 좋잖아요."

나는 자리에서 일어나 그를 안았다.

"임학아 반갑다, 정말."

그와 같이 밖으로 나가 학교 앞 벤치에 앉았다. 나란히 한 손에는 커피가 들려있었다.

"해외 나가서 적응하기 힘들었지?'

"아니요. 편했어요. 한국보다 자료도 많고요."

임학은 8년 전 사건으로 유명해졌다. 해외에서도 화제가 되어 여러 유명대학에서 그를 초청했다. 나이를 먹을수록 자폐증은 거의 없어졌지만 천재성도 서서히 감소해갔다. 그래도 일반인의 뇌와는 비교할 수 없을 만큼 뛰어났다. 그는 나의 권유로 미국의 한 유명대학으로 유학을 갔다.

"한국말 하나도 안 까먹었네."

"틈틈이 공부하면 수학보다 쉬워요."

시답잖은 대화가 계속되었다.

"이제 가볼게요. 선생님 방해하기 싫어요."

아쉬웠지만 수업 하나가 남아있어 임학과 작별인사를 하려 했다. 그때 한 가지가 떠올라 임학에게 물었다.

"8년 전 희망고아원 기억나니?"

그는 고개를 끄덕였다.

"그때 진짜 암호는 뭐였니?"

"몰라요. 기억 안나요."

"그럼 가짜로 친 비밀번호는 기억나?"

그는 말하려고 입을 빼끔빼끔 거리다가 포기한 듯 말했다.

"그것도 기억 안 나요. 안녕히 계세요, 또 봬요."

그는 미소를 지으며 멀어져 갔다.

난 사실 그때 임학이가 뭐라고 쳤는지 봤다.

'20161027'

나와 임학이 처음 만난 날이다.

## 학급모의재판

'학교는 사회의 축소판이다. 학교는 사회와 무섭도록 닮아있다. 나는 잠시 반역을 꿈꿨지만, 현실은 변하지 않았다.'

"여러분, 학교는 사회의 축소판입니다. 열심히 생활하길 바랍니다. 다시 한 번 입학을 진심으로 축하합니다."

입학식 때 교장선생님이 했던 말이 머릿속을 맴돈다. 난 이 말의 뜻을 지금 뼈저리게 느끼고 있다.

학교는 사회와 무서울 정도로 닮아있다. 사회는 권력과 돈으로 보이지 않는 계급을 나누고, 강자는 약자를 지배한다. 학교에서도 계급이 나뉜다. 부모님의 재력, 성적, 그리고 힘으로 분류된다. 세 가지 중 하나 이상을 가진 최고 '지배계급', 그들에게 지배당하는 '노예계급', 그리고 다수의 '소시민계급'. 소시민계급의 대부분은 지배계급에 동조한다. 하지만 소수는 반항하거나, 조용히 자신의 삶을 살아간다.

나는 노예계급에 가까운 소시민계급이다. 왕따에 가깝지만 다른 아이들이 나를 괴롭히지는 않는다. 그저 투명인간 취급을 당할 뿐이다.

"야, 나 체육복 좀 빌려줘."

저기 소시민이 어중간한 지배계급에게 수탈당하고 있다. 여러 가지 착취수단 중에서 '빌려줘'는 아주 효과적이고 잔인하다. 돌려준다는 희망을 주고, 못 돌려받을 걸 알면서도 줄 수밖에 없게 만든다. 피해자를 속 좁은 이기적인 놈으로 몰아갈 수 있기 때문이다.

"다음 시간이 체육인데…"

소시민은 우물쭈물 하고 있다. 실패하면 수탈의 그림자가 결국 나한테까지 오기 때문에 그냥 고개를 숙여 자는 척하기로 했다.

소시민들은 모르고 있다. 자신이 피해자라는 사실을 말이다. 자신보다 못한 노예계급을 보고 속아 가해자가 되기를 자처한다. 나는 고개를 살짝 들어 주위를 살펴보았다. 남의 피해에는 관심이 없고 어제 본 드라마 얘기를 나누는 아이들, 슬쩍 쳐다보고 자리를 피하는 아이들. 소시민이 할 수 있는 가장 큰 가해는 무관심이라는 걸 나는 이곳에서 반복해서 배우고 있다.

내 주위에 아무도 없다는 걸 확인한 후 고개를 살짝 돌려 창밖을 바라보았다. 지금 나에게 학교는 빨리 벗어나고 싶은 감옥 같은 곳이다.

그날도 고독과 자기혐오와 싸우던, 평소 같은 날이었다. '법과 정치'시간이 끝나갈 때쯤 김창수 선생님이 말을 꺼냈다. 올해

부임한 '법과 정치' 담당이자 우리 반 담임이다.

"오늘 재판의 진행과정 배웠지? 이따 7교시 자습시간에 모의재판을 해볼까 해. 변호사랑 검사는 반장, 부반장으로 정했고 어제 미리 자료를 줬으니깐 그렇게 알고. 수행평가니깐 열심히 참여해. 아, 7교시 시작하기 전에 책상을 법정처럼 배치해 놓고."

아이들의 얼굴에는 귀찮다는 표정이 역력했다. '초등학생도 아니고 무슨 역할놀이야'라는 혼잣말도 들려왔다. 하지만 나는 오히려 지루했던 자습시간을 좀 더 재미있게 보낼 수 있을 거 같아 살짝 들떠있었다.

학교에서 선생님이라는 지위는 엄청난 권력을 갖는다. 교권추락이다 뭐다 하며 말이 많지만 아직도 영향력을 무시할 수 없다. 선생님 때문에 수학을 포기하기도 하고, 선생님 때문에 자신의 장래희망과 미래가 바뀌기도 한다. 학교라는 작은 사회에서 마음만 먹으면 일을 숨기거나, 학생 한 명쯤 고립시키는 것 정도야 쉬운 일이다.

큰 권력을 가지게 되면 그것을 남용하는 게 인간의 본성이기 때문일까. 아니면 그들도 자기 먹고 살기 바쁜 평범한 사람이기 때문일까? 그것도 아니라면 나의 그들에 대한 불신 때문일까? 지금까지 나는 '진짜 선생님'을 보지 못했다.

김창수 선생님은 일반 선생님과는 조금 달랐다. '진짜 선생님'이라는 뜻이 아니고 말 그대로 달랐다. 늘 상냥한 눈을 하고 있지만, 그 눈에서 왠지 슬픔과 원망이 느껴졌다. 학생을 바라보는 눈빛도 혐오와 사랑이 뒤섞인 듯한, 뭐라 설명하기 어려운 느낌을 주었다. 가장 다른 점은 그 모든 감정들이 학교를 향해 있다는 것이다. 요즘 들어 이런 생각을 자주한다. 고독에 미쳐가는 나의 착각일까?

7교시가 시작되었고 선생님이 들어오셨다.
"형사공판 절차대로 진행할건데 시간이 없으니 간단하게 할거야. 나는 판사 역할을 할 거고, 판결은 배심원제처럼 재판에 직접 참여하지 않는 나머지 사람들의 투표로 정해질 거야. 선생님은 공정하게 진행만 할거야. 부반장이 검사, 반장이 변호사, 그럼 피고인은…"
선생님은 주위를 둘러보는 척하더니 한곳에 시선을 멈추었다.
"장우영, 너가 해."
그의 표정이 짜증으로 일그러졌다. 나는 속으로 '장우영이라. 정말 잘 어울리네. 나중에 실제로 잡혀갈 수도 있어'하고 키득거렸다.
장우영은 힘으로 지배계급이 된 놈으로, 포악하기 짝이 없는 성격 때문에 모두들 꺼려하는 인물이지만, 괴롭힘을 당할까봐 아무도 반항하지 못했다. 고등학생답지 않게 큰 키와 덩치, 웬만한 격투기선수 못지않은 근육, 까무잡잡한 피부까지. 외모만 봐도 땀이 흐를 정도다. 늘 돈을 뺏고 아이들을 때리고, 온갖 악행은 다 하고 다녔다. 소문에는 학교 밖에서도 상상을 뛰어넘는 짓을 하고 다닌다고 한다.

배심원들까지 모두 착석을 완료하자 재판이 시작되었다. 배심원들은 귀찮아했고 몇몇은 벌써부터 몰래 핸드폰을 만지작거렸다.

"그럼 재판을 시작하겠습니다. 최초 진술은 내가 할게."

선생님은 아무런 표정변화 없이 말했다.

"피고 장우영을 1년 전 같은 반 친구, 김영훈 살인죄로 고소합니다."

듣던 아이들의 표정 굳어졌다. 나도 갑자기 땀이 났다. 기억의 구석 어딘가에 묻혀 있던 그 일이 다시 헤집고 내 머릿속을 가득 채웠다.

우리 학교는 친근감을 높인다는 명목으로 입학 때부터 반이 정해져, 3년 동안 그 반이 계속 유지되고, 담임선생님만 바뀐다. 이 방식은 몇몇 애들에게는 친분을 높일 수 있게 해줬지만, 몇몇 애들에게는 벗어날 수 없는 지옥과도 같았다.

그중 한 명이 '그 녀석'이다. 영훈이는 왕따였다. 노예계급 중에서도 최하위층에 속했다. 나처럼 투명인간 취급당하는 게 아니라 매일 돈을 뺏기고 심할 정도로 맞았다. 하지만 모두 눈치만 보며 침묵하거나 같이 괴롭혔다. 선생님 또한 별다른 조치를 취하지 않았다. 주동자는 장우영이었다. 그런데 어느 날, 영훈이는 성적 비관으로 자살했다. 갑자기 그 일을 왜 다시 꺼내는 걸까? 무엇보다 선생님이 이 학교에 오시기 전 일이 아닌가!

당황한 우리를 무시한 채 선생님은 재판을 진행했다.

"이제 변호사측 변론하세요."

변호사를 맡은 반장이 자리에서 일어났다.

고동현. 반장이자 전교회장이다. 뛰어난 성적, 부모님의 재력, 그리고 잘생긴 외모까지. 흔히 말하는 엄친아인 그는 여자아이들에게 인기도 많았고, 모든 선생님의 편애 대상이다. 하지만, 장우영과 어울리며 온갖 안 좋은 짓은 다 하고 다녔다. 따지고 보면 장우영보다 더 악질이다. 그럼에도 국회의원인 아버지 때문인지는 모르지만 선생님들은 그의 악행을 늘 눈감아 주었고 더 많은 혜택을 제공했다.

"그 사건은 이미 성적비관으로 자살한 것으로 결론이 났습니다. 경찰수사까지 끝난 일을 다시 꺼낼 이유는 없다고 봅니다. 살인이라는 증거 또한 존재하지 않습니다. 이상입니다."

그는 단호하고 여유 있는 얼굴로 말했다. 판사는 심각한 얼굴로 재판을 진행했다.

"증인이나 증거가 있으면 제시하고 심문하세요."

검사인 부반장 김도연이 일어났다. 그녀는 머리가 좋아 성적이 전교 다섯 손가락에 들었다. 늘 무표정하고 반응 또한 차갑고 냉정해 '얼음공주'라 불렸다. 사실은 표현이 서툴러서 그런 것이지 누구보다 따뜻하고 상냥한 아이였다.

"이동진을 증인으로 요청하는 바입니다."

갑작스럽게 그녀의 입에서 내 이름이 나오자, 복잡했던 머릿속이 칠판의 분필처럼 새하얘졌다. 나는 재판의 주제가 발표되었을 때부터 냉정해지려고 노력했다. 하지만 지금, 그 노력이 무색해졌고 나의 뇌가 제어를 포기한 듯 온몸은 덜덜 떨렸다. 모든 시선이 나에게로 쏠렸다. '설마 나가겠어'하는 웅성거림이 들렸다.

"나 좀 도와줘."

머릿속에서 울리는 환청에 문득 정신이 들었다. 나는 천천히 앞으로 걸어 나가 증인석에 섰다. 어차피 모의재판이 아닌가, 놀이일 뿐이다. 그렇게 자기최면을 걸 때 마음 한편에서는 혹시나 하는 먼지보다 작은 희망이 착각인지 헷갈릴 정도로 희미하게 느껴졌다.

"선서! 양심에 따라 숨기거나 보태지 아니하고 사실 그대로 말하며 만일 거짓이 있으면 위증의 벌을 받기로 맹세합니다."

나는 증인선서를 했다. 놀이라는 걸 강조하기 위해 최대한 장난기 가득한 표정을 지었다. 검사는 내 앞에 서서 나를 심문했다.

"사건이 벌어졌던 그날, 그 시간 당신은 학교에 있었죠?"

그녀는 다 알고 있다는 표정으로 물었다.

"네, 저… 저는 학교에 있었습니다."

"무엇을 하고 있었나요?"

"참고서를 놓고 가서, 방과 후에 그걸 가져가려고 교실로 간

것뿐입니다."

그녀는 나의 눈을 보고 말했다.

"당신은 목격했습니다. 다 알고 있습니다. 사실대로 말해주세요."

그녀의 눈을 보자 내 얼굴에 억지로 짓고 있던 장난기가 비눗물에 씻은 듯 씻겨 버렸다.

"나 좀 도와줘."

3교시 쉬는 시간, 엎드려 자는 척하는 내게 누군가 말을 걸어왔다. 너무나 깜짝 놀라 옆을 봤다. 정말 오랜만에 누군가 말을 걸었기 때문이기도 했지만, 예전에 들었던 똑같은 말이 겹쳐 들렸기 때문이다. 도연이었다. 그녀는 특유의 무표정으로 서있었다. 그녀는 그렇게 예쁜 편은 아니지만 매력적이어서 내 혼자서 좋아하고 있었다. 나는 살짝 얼굴을 붉히며 말했다.

"응? 뭘 도와달라고?"

"작년에 내게 했던 말 다시 해줄 수 있어?"

작년? 내가 무슨 말을 했지? 나는 내 기억을 천천히 되짚어 봤다.

"영훈이 죽던 날, 목격한 일 말이야."

내가 그 일을 기억해냈을 때와 거의 동시 그녀가 말했다. 맞아, 도연이가 찾아왔었지. 그녀는 영훈이의 죽음에 관심을 갖은 유일한 사람이었다. 내가 목격한 일에 관심을 갖는 유일한 사람.

"지금 말해서 뭐해. 이미 늦었고 아무 의미도 없어."

나는 시선을 피해 고개를 돌렸다.

"나도 그렇게 생각했어. 근데 기회가 생길 것 같아. 용기 없었던 내 자신이 용서 받을 마지막 기회, 진실과 똑바로 마주할 수 있는 마지막 기회가 될 거 같아."

나는 고개를 돌린 그대로 머리를 숙여 팔에 얼굴을 파묻었다. 그녀는 선택에 맡기겠다는 말을 남기고 떠나갔다. 눈을 감을 수가 없었다. 눈을 감으면 옥상에 쓰러져있는 영훈이가 보였다. 신음하듯 "살려줘, 나 좀 도와줘."라고 하는 환청이 쉬는 시간 떠드는 아이들의 소리보다 크게 울렸다.

순간이었지만 며칠은 지난 듯 깊게 회상과 고민을 했고, 나는 조심스럽게 입을 뗐다.

"맞습니다. 저는 봤습니다. 교실로 왔는데 영훈이의 가방이 보였습니다. 그래서 같이 집에 갈까 해서 복도로 나왔는데 옥상에서 소리가 들렸습니다. 그래서 몰래 문틈 사이로 옥상을 봤는데, 맞고 있었습니다. 영훈이가 장우영과 고동현 패거리에게요."

다시 배심원들이 웅성거렸다.

"판사님! 증인은 거짓 증언을 하고 있습니다."

고동현이 당황한 듯 말을 끊었다.

"기각합니다. 증언 계속 하세요."

판사는 쳐다보지도 않고 말했다.

"근데 영훈이가 일어나지 않았습니다. 그들은 당황해서 잠시 자리를 비웠고, 잠시 후 다시 돌아왔습니다. 동현이가 무슨 말을 하더니 옥상 철장 너머로 영훈이를 던졌습니다. 하지만 그때 영훈이는 살아있었습니다. 제가 패거리들이 자리를 비웠을 때 확인했는데, 숨을 쉬고 있었습니다."

"거짓은 없는 거죠?"

나는 고개를 끄덕였다.

"고마워."

그녀는 거의 안 들릴 정도로 나한테 말하곤 검사자리에 앉았다.

변호사가 황급히 일어났다.

"당신의 말이 사실이라 칩시다. 그런데 당신은 목격을 했음에도 불구하고 신고를 하지 않았습니다. 그것은 방조죄에 해당됩니다."

"변호사는 증인을 위협하고 있습니다."

검사가 말을 끊었다.

"인정합니다. 조심하세요."

변호사는 목소리를 가다듬고 다시 말을 시작했다.

"비겁하다고 생각하지 않으십니까?"

나는 흥분한 목소리로 소리쳤다.

"말했습니다! 살아있는걸 확인하자마자 교무실로 달려갔지만 아무도 없었습니다. 영훈이가 던져지는 장면을 보고 충격에 휩싸였지만, 다음날 바로 담임선생님께 말했습니다. 배효근 선생님한테요. 근데 돌아온 대답은 "함구하라"였습니다. 사건 이후 종례시간에 우리에게 말했죠. 성적비관으로 자살한 것이니 따돌림이니 뭐니 헛소문 퍼트리지 말라고. 가산점을 준다고 우리를 꼬드겼습니다."

아이들은 나를 "배신자"라며 째려봤다.

"우리 반에 이런 안타까운 일이 일어나다니 슬픔을 금할 수 없네."

배효근 선생님이 들어와 최대한 슬픈 척을 하며 말했다. 그는 하얀 국화가 놓인 영훈이 책상을 보며 말을 이었다.

"알다시피 우리 반에 한 학생이 성적비관으로 극단적인 선택을 했다. 근데 집단 따돌림이니 폭행이니 하고 소문을 내는 애들이 있어. 그건 죽은 사람에 대한 예의가 아니지. 안 그래? 그러니 조심하자."

그는 출석부를 훑어본 후 다시 말했다.

"여러분도 충격을 많이 받은 거 알아. 그래서 힘내라는 의미로 특별 상점을 주기로 했어. 교육제도가 바뀌면서 상점이 대학에 들어갈 때 엄청 중요해진 거 알지? 조금이라도 위안이 되었으면 좋겠다. 하지만 한 명이라도 헛소문 내다 걸리면 반 전체 상점을 취소하고 대신 모두 벌점 받고 형사 조치할 테니깐 명심해."

선생님은 학생들을 둘러보다 나와 눈이 마주쳤다. 나는

무의식적인 복종의 의미로 시선을 피해 고개를 숙였다. 내가 할 수 있는 일이 없었다. 내가 무슨 일을 하던 현실은 절대 변하지 않는다는 걸 깨달아버렸다.

모두 상점을 받아 침묵하는 게 아니었다. 상점을 받아도 대학 근처도 못 갈 애들도 더러 있었다. 그들이 신고나 폭로를 하지 않은 건 무관심 때문이다. 영훈이는 그들에게 그런 존재였다. 죽든 말든 그들의 삶에 아무런 상관없는, 오히려 죽어서 이득을 안겨준 존재였다.

내 몸이 부들부들 떨리기 시작했다. 한참을 말이 없던 변호사가 뭔가 생각난 듯 다시 말했다.

"증인, 피해자가 폭행 후 살아있었다고 말했습니다. 피고인은 그가 살아있는 줄 몰랐고 죽은 줄 알고 던졌습니다. 그렇다는 말은 장우영은 살인죄가 아닌 과실치사에 해당됩니다."

그가 자리에 돌아가 앉으려고 등을 돌렸다. 나는 감정을 더 이상 이기지 못하고 울부짖듯 소리를 쳤다.

"아니요. 던져질 때 영훈이는 필사적으로 몸부림치며 말했어요. 살려달라고. 근데 무시했잖아!"

배심원들은 모두 조용해졌다.

내가 너무 싫었다. 내가 그때 영훈이를 데리고 내려갔더라면, 도와달라는 소리를 듣고 때리던 고동현 패거리를 말렸더라면,

하다못해 경찰에 신고라도 했었더라면 영훈이는 지금 살아있지 않았을까? 무서웠다. 정말 무서웠다. 괴롭힘 당하는 영훈에게서 내가 당하는 모습이 보였다. 그가 당해서 내가 고통을 안 받는 것이라고 생각했다. 나는 나약하고 사악했다. 영훈이는 나를 보고 늘 웃고 있었는데. 눈물이 나기 시작했다.

판사는 무표정으로 다시 진행했다.

"피고 측, 심문 시작하세요."

그때 짜증나 죽겠다는 듯 장우영이 소리쳤다.

"그래 내가 죽였다. 그깟 쓰레기 한 명 죽은 거 가지고 유난을 떨어. 재수없게."

교실이 조용하다 못해 적막해졌다. 한동안 말을 못하던 판사가 입을 뗐다.

"마지막으로 최종 변론, 최종 진술하세요."

검사가 일어나 배심원들에게로 다가갔다.

"학교는 따돌림을 무시한 것도 모자라 제 소중한 친구의 죽음도 은폐했습니다. 저는 제 자신을 비롯한 이 학교의 모든 학생, 선생님들을 고소하고 싶습니다. 배심원 여러분, 피고는 죄를 인정했습니다. 부디 유죄를 선고해주시기 바랍니다."

뒤이어 변호사가 일어났다.

"최종변론 안 하겠습니다."

그는 여유있는 표정으로 웃으며 말했다.

모의재판이 끝나고 배심원 투표가 시작됐다. 투표가 모두 끝나고 자리 정리하자 선생님이 교단 앞에서 말했다.

"모두 수고했어. 그럼 결과를 말할게."

"피고 장우영에게 무죄를 선고한다."

기대는 절망이 되었다. 머리 좋은 고동현이 미리 재판 주제를 알았는데 아무 준비도 안했을 리 없었다. 배심원들은 재판이 시작됐을 때부터 그의 편이었다. 힘과 권력의 편이었다. 그는 그저 재판 놀이를 해준 것뿐이었다.

선생님이 말을 이었다.

"영훈이는 내 아들이야. 나는 좋은 선생님이 되려고 노력했지만 좋은 아버지는 아니었어. 학생들에게만큼 아들에게 관심을 못 준거지. 사건이 일어나고 나서 나는 알 수 있었어. 학교가 무엇인가 숨기고 있다는 걸. 그래서 스스로 조사하기 위해 이 학교로 오려고 노력했어. 그리고 오늘 사실을 알게 되어서 기뻐."

선생님은 교실 밖으로 나갔다. 선생님은 그날 저녁에 영훈이가 죽은 학교옥상에서 투신자살했다. 그리고 나는 재판 이후 심한 괴롭힘을 받아 다른 학교로 전학했다.

## 악취

 악취가 났다. 나는 짜증 섞인 분노가 새어나오는 것을 간신히 참으며 조용히 코를 막았다. 이 악취의 주인이자 나의 편안한 퇴근길을 방해하는 장본인은 바로 건너편 구석에 앉아있는 노숙자이다.

 사람들은 일정한 패턴을 가지고 생활한다. 나같은 직장인들이나, 학생들은 그 생활패턴이 더욱 규칙적이다. 그리고 같은 생활 패턴을 가진 사람들끼리는 자주 마주치는 법이다.

 나는 늘 같은 시간에 이 지하철에 오른다. 그 곳에는 늘 똑같은 풍경이 펼쳐져 있다.

 내 자리 건너편에 앉아있는 할아버지, 학원 다녀오는 길인지 늘 크고 희한한 케이스의 핸드폰을 만지작거리는 여고생, 내 자리 쪽 끝에서 시시덕거리는 두 남자 대학생, 내 옆에 앉아 있는 직장인, 그리고 문제의 그 노숙자.

 무엇 때문에 늘 같은 시간에 지하철을 타는지 모르겠지만, 매일 같은 곳에서 나의 퇴근시간을 방해한다. 다른 자리로 도망갈까도 생각했지만, 얼마 안 가서 갈아타야 하고, 갈아타야 할 곳과 가장 가까운 칸이라 참기로 하고 지금까지 온 것이다. 또 내가 누군가를 미워한 적도 별로 없고, 사람에 대해 편견을 갖지 않고 살아온 선량한 사람이라는 점도 작용했는지 모른다.

모두 나랑 비슷한 생각과 기분인 듯, 열심히 티 안 나게 숨을 참고 있다. 오늘도 변함없이 편안하게 가긴 글렀다고 생각하고, 언제나 똑같은 풍경을 바라보았다.

그때 지하철 문이 열리고 익숙한 풍경을 방해하는 낯선 사람이 탔다. '응? 누구지'라고 생각했지만, 겉모습을 보고 대충 짐작이 갔다. 얼굴에 '나, 조폭이요.' 라고 쓰여 있는, 누가 봐도 조폭 같은 험악한 얼굴의 덩치 큰 남자였다. 그는 주위는 아랑곳하지 않고 큰소리로 통화를 했다.

그러던 중 악취를 맡았는지 몇 번 킁킁거리더니 노숙자를 슬쩍 봤다.

"어, 잠깐 끊을게."

그는 전화를 끊더니 노숙자에게 다가갔다.

"야 너 같은 쓰레기가 이거 타면 안 돼. 세금도 안 내고, 게을러서 거지꼴로 우리 세금으로 만든 지하철을 탈 자격이 있다고 생각하냐? 이 기생충아."

그가 노숙자의 정강이를 발로 툭툭 차며 이렇게 말하자, 노숙자도 화가 났는지 조폭 같은 남자를 밀며 소리쳤다.

"뭐라고, 이 자식이!"

조폭은 기다렸다는 듯, 노숙자의 얼굴에 주먹을 날렸다. 몇 차례 더 주먹질을 더하더니 노숙자의 멱살을 잡았다. 코피가 터졌는지 노숙자의 얼굴은 피범벅이 되어 있었다. 조폭남은 "안 되겠다. 너, 내가 분리수거 해줄게"라고 말하면서 노숙자를 끌고 다음 역에서 내렸다. 노숙자는 살려달라고 큰소리로 소리치며 필사적으로 반항했지만, 그 힘을 당해 낼 수 없었다.

아무도 말리는 사람이 없었다. 도와주고 싶었는데 무서워서 그런 게 아니었다. 앞의 할아버지는 조폭남의 말에 "그렇지, 그렇지"를 연발했고, 여고생은 피를 보고 놀랐지만 금방 핸드폰으로 시선을 옮겼다. 두 남자 대학생은 그 광경을 핸드폰으로 찍으며 마치 스포츠 경기를 보며 응원하는 듯,"죽여라! 죽여라! 잘한다!" 를 외치고 있었다. 옆에 앉은 직장인도 알 수 없는 미소를 지으며 그 광경을 바라볼 뿐이었다.

나는 그 장면들이 얼마나 무서운지 집에 도착해서야 깨달았다. 아마 노숙자는 죽었을지도 모른다. 노숙자 한 명 죽었다고 신경 쓰는 세상도 아니다. 나는 소파에 털썩 앉았다. 악취가 났다.

나는 그때 그 무서운 광경을 보고, 이제야 편안하게 집에 가게 됐다며 기뻐했다. 악취가 심해 코를 찔렀다. 한참을 악취가 나는 곳을 찾아다니다, 그것이 어디서 나는지 깨달았다. 나한테서 나는 냄새였다. 아무리 코를 막아도 인간 본성의 깊숙한 곳에서는 지독한 악취가 난다.

## 순수의 잔인함

"엄마, 나 학교 가기 싫어."

초등학교 입학을 앞 둔 아들이 칭얼거린다. 나는 고인 눈물을 감춘 채 말없이 아들을 안아주었다.

"괜찮아. 다 잘 될 거야."

최대한 상냥한 목소리로 아들을 안심시켰다. 아들을 학교에 데려다 주고 돌아왔다. 기대와 걱정으로 한동안 멍하니 있었다.

내 아들은 특별하다. 출산 직후 희미한 정신으로 아기를 안고 있는 의사의 표정을 살폈다. 의사의 표정이 어두웠다. 아기는 코뼈가 없는 채로 태어났다. 의사는 희귀한 케이스라고 했다. 심장에도 문제가 있어 바로 수술을 해야 했지만, 수술을 한다고 해도 사는 건 기적이라고 했다.

나는 얼굴 가운데가 움푹 들어간 조그마한 생명체를 바라보았다. 알 수 없는 감정이 들었다. 수술 후, 아이는 기적같이 살아났다. 몇 번의 수술로 구멍 난 얼굴은 많이 고쳐졌지만, 보통 사람과는 많이 달랐다.

학교를 보낼 나이가 되었지만, 주위사람들의 시선 때문에 아이가 상처받을까 봐 쉽사리 결정을 못 내렸다. 하지만 집에만 가둬놓을 수도 없는 노릇이었다. 고민에 고민 끝에 초등학교 입학을 결정했다.

"아이들은 순수하니까, 아들을 받아줄 거야."

남편도 불안한 기색이 역력했지만 애써 나를 안심시키려 했다.

늘 나는 기적을 믿었다. 하지만 그 기적이 죽었다. 아들이 입학한지 1년 만에 학교 옥상에서 뛰어 내렸다.

장례식이 끝난 후, 우리 부부는 집에 돌아와 서로 아무 말도 하지 않았다. 나는 TV를 켰다. 영화를 방영하고 있었다. 여자아이의 거짓말로 한 남자가 아동성폭행범으로 몰리는 내용이었다. 나는 분노하면서 TV를 껐다.

사람들은 아이들이 순수할 것이라고 믿는다. 맞다. 아이들은 순수하다. 그러나 순수하기 때문에 더욱 잔인하다. 나의 초등학생 시절만 생각해도 알 수 있다. 우리 반의 한 아이가 심하게 괴롭힘을 당했다. 지금 생각해봐도 어린이들의 수준을 넘어선 괴롭힘이었다. 이유는 키가 커서였다. 단지 그것 뿐이었다.

그런 단순한 이유로도 괴롭히는데 많이 특별한 내 아들을 아이들이 가만히 놔둘 리가 없었다. 입학 첫날부터 한 아이가 '외계인'이라면서 놀리기 시작했다. 아들은 참았다. 우리에게는 한마디도 안하고 괜찮다고만 했다. 그렇게 관심을 가지고 있다고 하면서도 그 사실을 몰랐던 내가 부모자격이 있나 싶다.

아들이 죽던 그날, 괴롭힘에 앞장섰던 아이들이 아들을 옥상으로 불러냈다.

"너 외계인이니깐 날수 있겠네. 날아봐."

아들은 난간에 올라갔다. 아마 인정받고 친해지고 싶다는 마음과 그만 끝내길 바라는 마음으로 아들은 뛰어내렸을 것이다. 그 사실을 어떻게 아냐고? 괴롭히던 아이들이 말해줬다. 주눅이 들긴 했지만, 순수한 표정으로 모든 걸 내게 말해줬다.

역시 아이들은 순수하다. 나는 그 순수함이 무섭다.

## 이기적 세포

생물학 첫 수업 때 이야기다. 교수가 간단히 자기소개와 수업 진행방식을 설명했다. 그리고 말을 이었다.

"오늘은 첫 시간이니까, 잡담 하나하고 수업을 마치도록 하겠습니다."

조용한 환호성이 들렸다.

"세포는 오직 하나의 목표만 갖고 있습니다. 바로 생존이죠. 살아남기 위해 자신에게 필요한 다른 세포를 자신 안에 키우고, 뭉쳐서 군단을 이루고, 장기가 되고, 기관이 되고, 마침내 생물이 되는 거죠. 인간도 마찬가집니다. 세포가 살기 위해선 자신의 주인 즉, 인간이 살아야 합니다. 세포들은 인간을 살리기 위해 잔인할 정도로 이기적이죠."

학생들이 집중한 듯 조용해졌다.

"예를 들어볼까요. 당신이 혹독한 겨울에 등산을 하다 조난을 당했습니다. 당신은 고립되었습니다. 체온이 점점 떨어집니다. 그럼 세포들은 당신을 살리기 위해 필사적으로 명령합니다. 피를 돌려 체온을 올려라! 하지만 점점 체온이 떨어집니다. 그럼 세포들은 외칩니다. 생명에 필요한 장기에 집중해라! 애초부터 사람을 형성할 때 주요 장기에서 먼 손끝, 발끝부터 얼게, 버리기 쉽게 설계되었죠. 당신의 말단부위들이 피가 안 통해 얼어, 썩어 갑니다. 하지만 숨은 붙어있습니다. 드디어 구조대가 왔습니다."

교수는 이야기를 이어갔다.

"당신은 팔다리를 절단해야 합니다. 당신의 남은 인생을 고통 받으며 살아가야 되죠. 하지만 세포들은 당신의 남은 인생 따위는 생각하지 않습니다. 당신은 살아있으니, 즉 세포 자신이 살아 있으니 목표 달성이죠."

교수가 휠체어를 끌며 살짝 앞으로 이동했다.

"저는 어렸을 때 소아마비를 앓았습니다. 집안이 가난해서 병원도 못 갔습니다. 제 세포들은 저를 살리기 위해 필사적 이었겠죠. 아니, 자신들이 살기 위해서, 저의 생지옥 같은 40년은 무시한 채 말이죠. 제가 공부만 필사적으로 해서 교수가 된 것도 인간취급을 받기 위해서였습니다."

교수는 말을 마치고 조교와 함께 교실을 나갔다. 내 인생에서 가장 무서운 수업이었다.

## 끈질긴 전도

누군가가 초인종을 연신 누르다 반응이 없자, 문을 두드리기 시작했다.

"안에 계신 거 다 압니다. 문 좀 열어주세요."

나는 누워있던 침대에서 이불을 뒤집어쓰고 귀를 막았다. 목소리만 들어도, 아니, 문 두드리는 소리만 들어도 누군지 알 수 있다. 매일같이 현관문을 두드리며 예수인가 뭔가의 말씀을 전하겠다며 나를 괴롭히는 방문 전도사이다. 이사까지 했는데도 어떻게 알았는지 찾아와 나를 괴롭힌다.

요즘은 범죄 때문에 거의 사라졌다고 하던데 이렇게까지 극성인걸 보니 얼마나 독한 인간인지 알 것 같다. 하도 시달려서 그런지 귀를 막아도 그 녀석의 목소리가 머릿속에서 울린다. 한동안 없는 척을 했지만 포기를 모르는 불청객은 문 밖을 계속 지키고 있다.

"아이씨! 진짜!"

나는 참지 못하고 이불을 박차고 나갔다. 지금까지는 두려움에 내 자신을 들키지 않기 위해 숨었지만, 인내심이 한계에

도달했다. '오늘은 끝장을 보자'는 마음으로 현관문을 열었다.

"아, 형제님, 드디어 문을 열어주시네요. 좋은 말씀 하나만 전할게요. 잠시만 시간을 내주시겠습니까?"

수염이 있는 중년의 남자가 나를 보며 환하게 웃었다.

아니, 해도 해도 너무 하시네요. 왜 자꾸 귀찮게 굽니까!!"

"하나님을 믿어보시면 손해 볼 것 없습니다. 시간 좀 내주세요."

나의 화난 얼굴에도 전도사는 싱글싱글 사람 좋은 웃음을 지으며 현관문 사이로 몸을 밀어 넣었다.

"들어가서 잠깐 얘기 좀 나눕시다."

나는 화보단 순간 겁이 났다. 저 사람이 나에게 해를 가하지 않을 것이라는 보장은 어디에도 없기 때문이다. 화를 참지 못하고 내 모습을 드러낸 것을 후회했다. 순간, 별다른 낌새도 없고, 다시는 나를 찾아오지 하게 하는 것이 우선이라는 생각이 들었다. 사실 이판사판이라는 마음이 컸다.

나는 그를 식탁으로 안내해 마주보고 앉았다.

"자꾸 끈질기게 나를 찾아오는 이유가 뭡니까?"

입을 먼저 뗀 건 나였다. 그는 특유의 사람 좋은 미소로 말했다.

"저는 형제님이 하나님을 믿고 따르길 원합니다. 그것뿐입니다."

"죄송합니다만 절대 그럴 일 없을 겁니다. 돌아가시고 다신 찾아오지 마세요. 믿는다고 해도 달라지는 건 없습니다."

나는 최대한 단호하게 말했다.

"달라지는 것이 없다뇨. 믿으시면 지금의 고통에서 벗어나 영혼의 안식을 얻을 수 있습니다."

달갑진 않았지만 나는 속에 있는 얘기를 하기로 했다.

"저도 예전에는 하나님을 믿었지만 그를 배신했습니다. 용서받지 못하는 영혼입니다."

"하나님은 이미 형제님을 용서하고 계십니다."

전도사는 다 알고 있다는 듯한 표정으로 말했다.

"아니요. 이미 늦었습니다. 제가 무슨 일을 하고 있는지 아십니까? 매일 매일 용서받지 못할 죄를 짓고 있습니다. 그러니까 포기하고 돌아가세요."

"그것 또한 하나님께서는 용서하고 계십니다."

나는 화가 나기 시작하는 한편 두려워지기 시작했다. 세상의 모든 걸 알고 있다는 듯한 그의 눈빛이 나의 비밀을 다 꿰뚫어 보는 것 같았다.

"하나님이 저를 용서했다고요? 당신이 뭘 압니까? 다 안다는 듯이 말하지 마세요. 아무것도 모르면서. 제 집에서 나가요."

나는 들키지 않기 위해 일부러 좀 더 강하게 말했다. 의외로 그 남자는 순순히 현관문으로 걸어갔다. 그리곤 몇 마디 말을 남기고 나가 버렸다.

"저는 다 압니다. 제가 하나님이자, 하나님의 아들 예수거든요. 그리고 저는 믿고 있습니다. 형제님, 아니, 사탄에게도 선한

마음과 회개할 생각이 있다고요. 내일 다시 오겠습니다."

역시나 들켜버렸다. 다음엔 좀 더 멀리 있는 사람의 몸에 빙의를 해야겠다. 그래도 이 끈질긴 전도사는 날 찾아와 괴롭힐 것이다. 내가 그를 배신해 지옥에 떨어진 순간부터 지금까지 계속 날 찾아왔으니까.

## 찾아왔다

 자다가 인기척에 눈을 떴다. 온몸이 검은 남자가 나를 내려다보고 있었다. 흠칫 놀랐지만 금방 수긍했다.
 "나이도 이만큼 먹었으니 때가 된 거지. 이제 데리러 오셨군요."
 나는 늘 죽음을 준비해왔다. 여든이라는 나이가 되면 그렇다. 언젠가 그가 찾아올 걸 알고 있었다. 오히려 바라고 있었는지도 모른다. 저승사자가 찾아오기를 말이다.
 "당신을 따라가면 되는 건가요?"
 저승사자는 말없이 고개만 끄덕였다. 나는 잠옷 차림으로 그를 따라나섰다. 저승사자의 얼굴을 보려 했지만, 안경을 놓고 나와 자세히 보이지 않았다. 눈만 보였다. 그는 한참 나를 어디론가 이끌고 갔다.
 "어떤 인생이었습니까?"
 그가 처음으로 입을 열었다.
 "뭐, 나쁘진 않았습니다. 자식들도 잘 키웠고."
 저승사자는 묵묵히 들었다. 몸 상태가 안 좋은가 평소보다 더 걷기 힘들었다. 어느 강 앞에서 그가 멈췄다. 여기가 삼도강

이구나 짐작했다.

"여길 건너면 이 세상과는 작별이군요."

내가 말했다.

"죽음에 담담하시군요."

저승사자는 떨리는 목소리로 말했다.

"네, 저는 바라고 있었습니다. 왠지는 모르지만 죽음이 반갑고, 홀가분합니다."

"…"

저승사자는 한참을 침묵하더니 말했다.

"정말, 죄송합니다."

그의 목소리는 떨리고 있었다. 나는 방그레 웃으며 말했다.

"괜찮아요. 운명이라는 것을 압니다. 당신은 시키는 대로 하는 거잖아요. 죄책감 갖지 마세요."

저승사자는 내 손을 잡고 강으로 터벅터벅 걸어갔다.


"오늘 오전 6시 한강에서 시체 두 구가 산책하던 시민에 의해 발견되었습니다. 사망자는 치매를 앓고 있는 85세 할머니와 그의 아들 이 모씨로 밝혀졌습니다. 경찰은 이 모씨가 노모의 증상이 점점 심해져 아내가 집을 나간 이후, 직장도 그만두고 혼자 힘들게 노모를 돌보아왔다는 주위 사람들의 증언에 따라 동반자살에 무게를 두고 있습니다. 이 모씨가 새벽에 검은 색 운동복과 검은 마스크로 사람들의 눈을 피해 노모와 함께 강으로 가서 강물에 뛰어든 걸로 추정하고 있습니다. ABC뉴스, 김남준입니다."

## 재밌지 않습니까

 서울 강남구에서 연쇄살인사건이 터졌다. 지금까지 네 명의 피해자가 나왔는데, 모두 여성이며 차마 볼 수 없을 정도로 잔혹하게 살해되었다는 공통점이 있었다. 나는 이 사건을 맡은 특별수사본부에 배정되어 유 반장님과 함께 수사를 계속했다.

 첫 번째 피해자는 평범한 회사원이었는데, 칼 같은 예리한 흉기로 난도질을 당했다. 원한에 의한 살인이라고 해도 이 정도까지로 심할까 싶을 정도로 참혹했다. 범인은 철저했다. 아무런 흔적도 남기지 않았고, 수사는 난항을 겪었다.

 그 후에 벌어진 살인사건은 무언가 충동적이라는 느낌이 강했다. 두 번째 피해자는 산채로 석유를 끼얹어 태워졌다. 얼마나 고통스러웠는지 시체는 범행예상지역에서 한참 떨어진 곳에서 발견되었다. 물을 찾아 필사적으로 뛴 흔적이 보였다.

 "빌어먹을 새끼"

 어떤 증거도 없었지만 범인이 석유를 구입한 곳을 찾는 방향으로 수사가 이어졌다.

 세 번째 희생자는 으슥한 강가에서 퉁퉁 부은 익사체로 발견되었다. 강제로 머리를 강물에 처박았는지 강가 돌에 떨어져 나간 손톱들과 핏자국이 가득했다.

 네 번째는 지금까지 시체 중 가장 멀쩡했다. 피해자는 강간당하고 성기를 심하게 훼손당했다. 하지만 유일하게 흔적이 남아있었다. 범인은 무언가 재미를 느낀 듯 범죄발생 간격이 줄고 있었다. 마지막 희생자에 남아있는 단서로 추적을 해 내가 잠복한 곳에서 범죄를 저지르려는 연쇄살인범을 검거하는데 성공했다.

 유 반장님이 취조를 하고 나와서는 곤란한 표정을 지으며 내게 말을 건넨다.

 "야, 저 새끼 정신이상이나 약물반응 나왔어?"

 "아닙니다. 정신감정 결과, 전형적인 사이코패스라는 것 빼면 정신은 이상 없다고 합니다. 약물반응도 안 나왔습니다."

 "그래? 허 참. 정 형사, 니가 검거했으니깐 직접 한번 취조해봐. 뭔 헛소리만 늘어놓는지, 아휴!"

 취조실로 들어가 역겨운 얼굴을 마주했다. 그 놈은 무표정하게 나를 쳐다봤다.

 "그래서 왜 죽였어?"

 빨리 끝내고 나가고 싶어 단도직입적으로 물었다.

 "왜 죽었냐고요? 아까 그 형사한테도 말했는데… 다시 말씀해 드릴게요."

 놈은 무표정으로 침착하게 말을 이었다.

 "처음은 제가 출근할 때, 자꾸 마주치는 년이 거슬려서 계획을 세워 죽였죠. 완벽했어요. 근데 형사님 그날 밤에 귀신이 왔어요. 편히 자려는데 어떤 여자가 서있는 거예요. 자세히 보니 그년이었어요. 제가 죽인 그 상태로 나를 쳐다보는 거예요. 뭔가 슬프고 원망스러운 눈으로. 그래서 물었죠. 너가 죽은 게 그렇게 억울하냐 하고."

예전에 범죄 프로파일러인 친구한테 이런 얘길 들은 적이 있다. 사이코패스들은 감정 공감능력이 결핍되어서 만약 자신이 죽인 사람이 귀신으로 찾아오면 왜 그러는지 궁금해 한다고. 하지만 현실에 귀신 따위가 있을 리 없다. 헛소리로 수사의 혼란을 주려는 것 같았다.

"야, 이 새끼야! 정신이상으로 감형 받으려고 수 쓰는 것 같은데 이미 글렀어. 너 정상으로 나왔어 그러니까 사실대로 말해!"

나는 감정 섞인 호통을 쳤다. 하지만 범인은 무시하듯 말을 이었다.

"근데 형사님. 그 표정 정말 재밌는 거 아세요?"

그 녀석이 미소를 활짝 지으며 말했다.

"그래서 계속 죽였어요. 죽일 때마다 계속 늘어나서 그 웃긴 표정으로 쳐다봐요. 아, 그리고 형사님, 죽이는 방법에 따라 귀신 생김새도 달라요. 혹시나 해서 이것저것 실험해봤는데 정말 달랐어요, 크크크…"

나는 더 이상 참을 수가 없었다. 그 놈한테 달려들어 멱살을 잡았다.

"이 새끼가, 진짜"

하지만 놈은 말을 계속했다.

"아 형사님, 그거 아세요? 귀신들이 쳐다만 보는 게 아니라 매일 밤 내 목을 졸랐어요. 근데 죽이지는 못하더라고요. 웃기죠? 나를 너무 죽이고 싶어 하는 거 같더라고요. 그래서 말했죠. 만약 나를 잡은 형사를 죽여주면 날 죽일 수 있게 해주겠다고. 날 못 죽인다면 내 스스로 죽겠다고요."

나는 놈을 뿌리치고 뒷걸음질을 쳤다. 그 놈 뒤에 사람의 형상이 보이기 시작했기 때문이었다. 그 형상은 4명으로 늘어났다.

"형사님, 원한이라는 것이 그렇게 강한 걸까요?"

"아마 죽이지는 못할 거예요. 그래도 매일 와서 목을 조르겠죠. 저는 괜찮았는데 형사님은 버틸 수 있으시겠어요?"

나는 계속 뒷걸음질 쳤다. 형상들은 점점 또렷해졌다.

"아, 형사님. 이 귀신들 표정, 정말 재밌지 않습니까?"

# 그녀를 위해

 변화는 늘 두려운 법이다.

 내가 이 집을 무서워하는 이유는 단지 환경이 변했기 때문만이 아니다. 전에 살던 자취방에서 부당하게 쫓겨나 이곳저곳을 알아보다 겨우 찾은 게 바로 이 집이다. 주변 시세보다 싼 가격이라 살짝 의심이 들었지만, 괴담일 뿐이라고 넘겼다.

 그런 나를 조롱이라도 하듯, 나는 보고야 말았다. 희미한 여자의 형태를 말이다. 내가 잘못 봤다고 믿고 싶었지만, 그 여자는 이사 온 첫날밤부터 나타나기 시작했다. 나는 가위에 눌렸고, 시선은 고정된 채 몸이 움직이지 못했다. 그녀는 나를 원망과 슬픔이 섞인 눈으로 쳐다봤다. 목소리가 안 나와 비명조차 지를 수 없었다. 그렇게 시간이 지난 후에야 땀이 범벅이 된 채 가위에서 풀려 일어날 수 있었다.

 집주인에게 따졌지만 정신이상자 취급만 받았다. 돈도 없어 이곳에 계속 살기로 했다.

 그녀는 매일 나를 찾아왔다. 그때마다 나는 가위에 눌렸고, 그녀는 나를 무섭게 째려봤다. 수명이 줄어드는 게 느껴질 정도로 공포의 나날이었다.

어느 순간 그녀에 대해 궁금해지기 시작했다. 그러던 어느 날, 나는 그녀를 자세히 보았다. 이렇게 말하면 웃을지도 모르지만 그녀는 꽤 미인이었고, 내 이상형에 가까웠다. 그때 이상하게도 내가 말을 할 수 있게 됐다.

"누군데 저를 매일 괴롭히시죠?"

귀신한테 이런 말을 하는 게 이상했지만, 그녀의 표정이 조금 누그러지는 걸 보고 나는 다시 물었다.

"왜 자꾸 나타나는 거죠? 억울한 일이라도 있나요? 제가 다 들어드릴게요."

그녀는 눈물을 흘리면서 그 자리에 주저앉았다.

우리는 이런저런 얘기를 했다. 그녀의 이름과 오랫동안 사귄 남자친구에게 사기 당하고 차인 후 자살했다는 이야기, 증오와 원망은 있지만 누군가가 자기를 위로해주기 바라고 있었다는 이야기로 밤은 지나갔다.

그날 이후 매일 밤 우리는 만나서 이야기를 나눴고, 그녀도 점점 더 인간다운 모습을 보였다. 서로 완전히 마음을 열었고 우리는 그렇게 사랑에 빠지게 됐다.

하지만 문제가 있었다. 인간과 귀신은 사랑을 이어갈 수 없다. 그녀도 그 사실을 아는지 점점 우울해져 갔다. 나도 귀신이 되기를 바랐지만 그녀는 단호하게 말렸다. 다른 방법을 생각하며 시간을 보내다 결국 한 가지 묘수를 떠올렸다. 그녀를 인간으로 만들면 된다!

 그녀를 인간의 몸에 빙의 시키면 우리의 사랑은 계속될 수 있다. 나는 빙의의식을 배웠고, 그녀와 똑같은 외모의 사람을 찾아 다녔다. 그러다가 집 근처에서 그녀와 가장 닮은 사람을 찾았다.

 나는 계획을 세워 '희생의 제물'이 사는 집에 잠입했다. 일단 사랑하는 나의 여자(귀신)의 영혼이 들어가기 위해 몸에서 그녀의 영혼을 **빼내야** 했다. 나는 망설임 없이 그녀를 죽였다. 이제 행복하게 사랑을 할 수 있겠다 싶었는데 경찰이 들이닥쳤다. 의식은 계속되지 못했고, 빙의는 실패했다.

"이걸 말이라고 하나."

 정 형사가 보던 진술서를 던지며 나지막하게 말했다. 그는 남아있던 커피를 입에 털어 넣고 다시 취조실로 들어갔다.

"백준남씨! 이렇게 이상한 진술해놓고 묵비권을 행사해도 감형 안돼요. 오히려 역효과 나서 가중처벌 받아요. 내가 정리해줄 테니깐 듣고 대답하세요. 당신은 1년 전 이사하다가 우연히 피해자를 봤고, 매일 밤 찾아가 스토킹을 했어요. 피해자가 신고해서 경찰은 잠입수사에 들어갔고요. 사건 당일, 당신은 경찰이 잠시 한눈을 팔 때 피해자 집에 무단침입을 해 반항하던 피해자를 죽였고, 뒤늦게 소리를 듣고 달려온 경찰에게 잡힌 거예요. 맞죠?"

그는 계속 침묵했다.

"계속 발뺌할 생각 마세요. 저번에 살던 집에서 쫓겨난 것도 같은 건물에 사는 여자를 스토킹해서라는 것을 다 알아요."

계속된 침묵에 지친 정 형사는 다시 밖으로 나와 쉬고 있었다. 그를 향해 후배 형사가 달려왔다.

"선배, 거짓말 탐지기 결과 나왔는데 진실이라는데요."

"내가 이래서 거짓말 탐지기를 못 믿어요. 법적 효력도 없고 마음만 먹으면 얼마든지 속일 수 있잖아. 좀 쉬었다가 다시 시작하자고."

정 형사는 취조실에 슬픈 얼굴로 앉아있는 백준남을 이전과는 다른 복잡한 표정으로 쳐다보았다.

## 그냥 질문할 뿐

"여기서 뛰어내릴 거야?"

아파트옥상 난간에 아슬아슬하게 서있는 나에게 누군가 말을 건다.

"뭐야 넌. 뭐 상관없어, 어차피 뛰어내릴 거니깐."

나는 침울하게 말했다. 내 인생은 평범했다. 평범한 직장에, 평범한 가족, 평범함이 내 행복이었다. 하지만 그 행복은 한순간에 무너졌다. 직장에선 정리해고 당하고, 보증을 잘못 서는 바람에 가족이 거리로 내몰리게 생겼다. 희망 따윈 없다.

"그래? 가족은 있고?"

누군가 질문을 이었다.

"그래, 있지. 결혼도 했고 다섯 살 아들도 있어."

순간 생각에 빠졌다. 사랑하는 아내와 귀여운 아들. 내가 자살했다는 소식을 들으면 슬퍼하겠지. 하지만 가족에게 이 절망적인 상황을 전하는 게 더 괴롭다. 나는 죽어야 한다.

"죽으면 가족은 어떡하게?"

"아내와 아들은 힘들게 살아가겠지. 아들은 아버지가 없는 고통을 안고 자랄 거고."

"남겨진 가족이 살아가려면 돈이 많이 필요하겠네?"

맞는 말이다. 자살은 보험금도 안 나온다. 내가 자살해도 빚은 아내의 목을 조를 것이다. 아들이 자라서 대학까지 가려면 아내 혼자 일해서는 불가능하다.

"돈이 필요해. 하지만 이미 신용불량이라 은행은 대출을 안 해줄 거야. 사채를 쓰니 자살하는 게 낫겠지."

"그것 말고 한순간에 많은 돈을 얻을 방법은 없을까?"

그 놈이 실없이 묻는다.

많은 돈이 필요하다. 어떻게 구하지. 옥상에서 아파트 정문을 내려다보니 아찔하다. 마침 정문에 고급 외제차가 들어온다. 같은 동 12층에 사는 인간의 차다. 12층에는 예순 살 먹은 부자가 살고 있다. 12층과 13층을 터서 살 정도로 부자다.

하지만 안 좋은 소문이 돌았다. 사채업자인가, 조폭인가 하는 소문이었는데 이유가 있었다. 12층 인간은 성격이 무지 더러웠다. 하루는 자신의 외제차 백미러를 만져 더러워졌다고 7층에 사는 꼬마를 때려 멍까지 들게 한 적이 있었다. 그 이외에도 주차를 개판으로 하고, 쓰레기를 아무데나 버리고, 욕설과 싸움을 일삼는 것으로 악명이 높다. 따져도 경비원을 매수한 건지 소용이 없었다.

"왜 저런 쓰레기는 잘 살고, 선량하게 살아온 나는 이 모양이지."

갑자기 어떤 생각이 스쳐지나 갔다. 많은 돈을 구할 수 있는 방법이 있다.

"어디 가?"

그 말을 무시한 채 나는 급하게 집으로 향했다. 부엌에서 칼을 들고 나와 12층으로 향한다.

옥상에는 머리에 뿔이 난 그 놈이 경찰차가 요란스럽게 들어오는걸 보고 실실 웃는다.

"악마는 절대로 사람을 고문, 협박해서 직접 타락시키지 않아. 그저 질문만 할뿐이야."

## 작가의 말

눈과 귀를 열고 상상합니다. 그것이 어떤 모습이든 나에게는 이야기가 됩니다.

그 속에서 인간의 본성을 만납니다. 미래든 과거든, 행복하든 즐겁든, 살아가고 보고 듣고 생각하는 건 인간입니다. 때론 섬뜩하고, 때론 슬프고, 때론 아픕니다. 미래 속에 현실이 있고, 현실 속에 미래가 보이기 때문입니다.

이 작은 이야기들을 읽고 마음에 무언가 남는다면, 지금과 미래의 우리의 삶을 돌아보고 상상할 수 있다면 좋겠습니다. 그러면 저의 이야기도 계속될 테니까요.

**인간교** - 이동륜 소설집

2021년 1월 20일 초판 1쇄 발행

지은이　　이동륜
펴낸이　　남정혁
책임편집　강이라
편집·디자인　남예진

펴낸곳　(주)태원디앤피
주소　　서울 중구 퇴계로 27길 28, 202호
전화　　(02)2268-3004, 팩스 (02)2268-3014
www.twdnp.com / taewon1099@daum.net

출판등록 제 2015-000132호(2018년 9월 6일)


ISBN 979-11-967389-2-1 (03810)
값  15,000원


* 〈씨큐브〉는 (주)태원디앤피의 글콘텐츠랩의 이름이며 출판 브랜드입니다.
* 이 책은 저작권법의 보호받는 저작물로 무단 전재와 복제를 금합니다.